KB046481

영화를
보다

네 생각이
났어

일러두기

• 외국 인지명은 기본적으로 국립국어원 표기법에 따랐으나 영화 속 등장인물의 이름은 개봉 시 자막의 표기를 따르기도 했습니다.
• 영화명 밑에 기재된 연도는 개봉일 기준입니다.

영화 속 편지에 이어
써내려간
19통의 답장들

영화를
보다

네 생각이
났어

이하영 지음

플로베르

너를 생각하며 쓴 편지
너만은 읽지 않기를

2017년 한 해 동안 《기획회의》라는 잡지에 '영화 속의 편지 이
야기'를 연재했습니다. 그러니까 여기 실린 글들은 2016년 겨
울부터 2017년 연말까지 썼던 것입니다. 대한민국 헌정사에 길
이 남을 역사적인 장면들이 있었고, 공적으로나 사적으로도 부
침이 많았던 한 해였습니다. 소란스럽고 분주하고 어지러운 상
황에서도 저는 영화와 책 그리고 편지들 속에서 혼자만의 고
요함을 한껏 누렸습니다. 영화에 등장하는 편지들에서 내 기억
속 영화 같은 한 장면을 떠올리고 거기 함께 있었던 누군가를
불러내어 그 사람과 함께한 과거의 시간으로 돌아가보는 일은
이제는 사라진 옛길을 걷고, 뚜껑을 덮어놓은 우물을 열어 오
래 고인 물을 길어 올리는 것 같았습니다.

이 글들을 엮어준 출판사 이름이 '플로베르'입니다. 플로베
르 하면, 『보바리 부인』이 떠오르지요. 마담 보바리의 사랑도
편지로 시작되고, 편지가 열정을 실어 날랐으며, 편지가 실연

을 통보했습니다. 다음번에, 다음번에 하다가 끝내 그녀와 나의 이야기가 씨줄과 날줄로 얽히는 편지는 쓰지 못하고 말았네요. 그 이야기를 써버리면 내가 의지하던 우물이 바닥을 보일 것만 같아 내내 두려웠는지도 모릅니다. 아무것도 남지 않은 텅 빈 심연 속에서 숨이 막힐 것만 같았습니다.

『보바리 부인』의 작가 플로베르는 늘 편지를 썼던 사람입니다. 친구에게 연인에게 어머니에게 그는 늘 편지를 보냈지요. 남겨진 것보다 훨씬 많은 편지가 사라져버렸지만, 그 사라진 편지들이야말로(사람들이 고의로 폐기한 편지들이야말로) 플로베르를 플로베르답게 하는 그 무엇일 거라고 저는 생각합니다. 제가 '시네마레터'라는 제목으로 누군가를 생각하며 쓴 편지들은 누가 읽어도 상관없지만 그 '누군가'에게는 보낼 수 없는 편지였습니다. 그는 존재하지 않거나, 존재하더라도 제가 쓴 편지를 받을 수 없는 사람입니다. 이 편지들은 그에게 부쳐지지 않는다는 것을, 그는 결코 읽지 못하리라는 것을 전제로 쓰인 것들이기에 그렇습니다. 플로베르는 끊임없이 글을 쓰면서도 자신은 결코 출판은 하지 않겠다고 공공연히 말하곤 했다지요. 종이에 활자로 새겨지고 묶여서 표지를 입고 세상에 나아갈 것을 전제하고서는 어떤 글도 자유롭게 쓸 수 없었을 것입니다. 쓰이는 그 순간의 진실이 펜을 놓는 순간 사라지고 마는 느낌을 저도 이해할 수 있습니다. 어딘가 덜 말해졌고, 무언가가 왜곡되었고, 오해의 소지가 다분한 글일지라도 언젠가 그것들이 나를 떠나 어딘가를 향해 가는 것을 막을 수는 없다는 것을 플로베르는 이해했다고 저는 생각합니다. 그 여행을 허락하기 위해 플로베르가 내었을 용기와 그 용기만큼의 체념을 저도 조금은 알 것 같습니다.

네, 덜 말해진 것들과 수없이 오해될 이야기를 체념한 채로 내보냅니다. 나이 들어가는 일의 좋은 점 중의 하나가, 좀 더 수월하게 체념할 수 있게 되었다는 점일 거라고는 이 편지들의 수신자로 설정된 사람들과 함께했던 그 시절의 저는 조금도 상상하지 못했습니다. 어쩌면 그런 놀라운 깨달음이야말로 시간이 우리에게 주는 선물이자 살아간다는 것의 묘미겠지요. 시간이 더 흐르고 나면 또 무엇으로 견뎌낸 시간에 의미를 부여하게 될지, 그때는 또 어떤 편지를 쓰게 될지 궁금해집니다.

이 편지를 쓰게 해주고, 첫 독자가 되어주고, 끊임없이 격려해주고, 때로는 약속한 편지를 쓰지 못하고 헤매던 날들까지 살뜰히 껴안아준 친구들에게 감사를 전합니다.

2018년 7월

이하영

○ 차례

part 1

어떻게

지내나요?

**I에게,
너는 늘 그렇게
짜증 한번 내는 법 없이**

\#
라벤더의 연인들

찰스 댄스, 2008

영화 〈라벤더의 연인들〉의 주인공은 할머니들이야. 영국의 작은 어촌 마을에서 평화로운 황혼의 날들을 보내고 있는 늙은 자매 자넷과 우슐라. 이 할머니들은 귀엽기도 하고 섬뜩하기도 해.

　일단 너무 늙었어. 아무리 사랑스러운 표정을 지어도 백발에 쭈그러진 주름 가득한 피부로는 아무도 매혹할 수가 없을 거야. 이 할머니들을 보면서 나는 생각했어. 어째서 여태 저런 미래를 상상해보지 않았을까……. 어릴 때는 집을 떠나 훨훨 멀리 날아갈 꿈만 꾸고, 성인이 되어서는 연인 혹은 반려가 될 사람을 생각하고, 결혼해서는 더러 노후의 삶을 걱정하기도 했지만 자넷과 우슐라처럼 자매 둘이서 노년을 함께 보내게 될 거라는 가능성은 한 번도 생각해보지 못했지.

이자크 디네센의 소설 『바베트의 만찬』(문학동네, 2012)에서도 자매 둘이 가난하게 사는 모습이 그려져 있는데, 그걸 보면서도 그게 나의 미래가 될 수도 있다는 것까지는 생각해보질 못했네. 우리 자매들이 살아갈 미래에 대해선 늘 까마득하게만 느꼈던 것 같아. 어쩌면 너무 암담해서 구체적으로 생각하는 것이 두려웠던 건지도 모르지. 그런데 최근에 이 영화를 보면서, 나는 내 앞에 바싹 다가온 노년의 날들을 느끼기 시작했어. 어쩌면 동생과 나, 둘이서 헤쳐가야 할 일이 참 많을 거야. 여덟 살 아래의 동생이 들으면 펄쩍 뛸 얘기지만, 내겐 이미 코앞에 다가온 일처럼 느껴져. 오늘은 문득, 이 영화 이야기를 너에게 하고 싶었어. 영화는 함께 보는 것도 좋지만, 내가 그냥 이야기해주는 것도 좋아. 그건 그대로 상대에게 하고 싶은 내 이야기가 되거든.

#

너에게는 여섯 살 아래의 동생이 있었지. 중학생 시절의 너는 동생 손을 꼭 붙들고 걸어가는 뒷모습으로 내 기억에 남아 있어. 너는 비쩍 마른 데다 키는 껑충하게 큰데, 네 손 끝에 매달려 있는 동생은 포동포동 살이 찐 얼굴로 심술 가득한 표정을 지으며 나를 노려보았지. 내게도 그렇게 매달려 있는 동생이 있었는데, 너의 사정이 나와 너무도 비슷해서 오히려 난 너한테 거리감을 느꼈던 것 같아. 네가 짐작하다시피 너는 동생을 잘 돌보는 착한 딸이었고, 학교에서도 얌전한 모범생이었지만 난 그렇지가 못했잖아.

네가 아무런 심적 갈등도 없이 실업계 고교로 진학을 결정했을 때, 난 왠지 분한 느낌이었어. 고등학교 진학을 하면서 너와는 소식이 끊어져버렸지만, 네 동생이 대학에 진학한 후, 너도 뒤늦게 야간대학에 다녔다는 걸 바람결에 전해 듣고는 또한 번 속상해했던 기억이 나. 너는 늘 그렇게 짜증 한번 내는 법 없이, 생색 같은 것도 낼 줄 모른 채 네게 주어진 환경에 순순히 적응하면서, 그러면서도 네 속에 간직한 꿈들을 언젠가는 펼쳐볼 날이 있을 거라고 스스로를 달래면서 살아왔겠지. 맏딸다운, 언니다운, 착한 딸다운, 모범 학생다운 모든 것의 총합. 그게 너였어. 적어도 내가 너의 친구였던 중학생 때까지는.

너는 네 동생의 손을 잡고, 나는 내 동생의 손을 잡고 거리에서 마주치곤 했을 때, 동생들은 언니들 뒤로 숨어서 서로 눈도 안 마주치고, 우리만 서로에게 안타까운 미소를 보냈던 것같아. '얘네들은 대체 언제 커서 우리한테서 떨어질까?' 답답한 심경을 말없이 나누었지. 그때 10대 중반의 우리에겐 6년이나

8년이라는 나이 차가 극복할 수 없는 엄청난 것이었는데, 지금
은 그냥, 같이 늙어가는 처지인 데다 언니랍시고 더 가진 것도
없고, 더 나은 것도 없이 좀 미안한 존재가 되어버렸네. 너는 어
떠니? 지금도 그렇게 착한 딸, 든든한 언니로 살고 있니? 다정
한 아내에 좋은 엄마도 되었니?

#

어느 날 아침 우슐라가 발코니에서 바닷가를 내려다보다가
갯바위 밑에 못 보던 물체가 있는 걸 발견하고 언니 자넷에게
소리를 질러. 저게 뭐냐고. 확실히 동생보다는 언니가 침착해.
파도에 휩쓸려 온 낯선 남자를 살리기 위해서 뭘 어떻게 해야
하는지를 잘 파악하고 있어. 갑작스러운 왕자님의 등장에 얼이
빠져 있던 우슐라는 그의 침상을 지키다가 처음으로 그와 대화
를 나누게 되는데, 그는 영어를 알아듣지 못해. 그는 폴란드인
이고 이름은 안드레아야. 우슐라에겐 자신이 안드레아를 처음
으로 발견했고 그가 깨어났을 때 처음 본 사람도 자신이라는
점이 무척 큰 의미였어. 말은 안 해도 속으로는 '얘는 내 거'라
고 생각하고 또 생각했을 거야.

주름 하나 없는 하얀 피부에 순한 갈색 눈동자와 매끈한 몸
을 가진 안드레아. 그의 등장은 자매의 삶에 커다란 활력과 긴
장을 안겨주었어. 말이 통하지 않는 데다 다리를 다쳐서 꼼짝

없이 자매에게 의지해야 하는 젊은 미남자. 그의 회복에 서로 더 많이 기여하려고 애쓰는 늙은 자매의 모습을 생각해봐. 비록 한 집에서 안드레아를 공유하고 있지만 어떻게든 독점적인 순간을 만들려고 언니의 눈을 피해 갖은 애를 쓰는 우슐라를 보고 있으면, 저렇게 늙었어도 동생은 동생이구나 싶어져. 언니 몰래 안드레아의 양말을 뜨고, 잠옷을 갈아입히고, 영어를 가르치면서 우슐라는 지금까지의 삶에서 겪지 못한 모든 감정을 한꺼번에 느끼는 것 같아.

무슨 이유에서인지 몰라도 우슐라는 결혼한 적도 아이를 가져본 적도 없어. 언니 자넷은 남편이 있었던 게 대화 중에 드러나지만 말이야(자넷의 남편은 전사했어). 그러니까 이들 자매는 어느 날 아침에 상처 입은 아들을 맞아들여 치료해주고, 정성껏 기르는 중이야. 자매는 그의 미소를 볼 수 있다면 모든 걸 다 바칠 기세지. 우슐라는 안드레아에게 온 정신이 다 쏠려 있고, 자넷은 그런 동생과 안드레아를 동시에 보살피고 있어. 자넷은 안드레아도 보살펴야 하고, 안드레아에게 푹 빠진 우슐라도 사고 치지 않도록 잘 살펴야 해. 자넷의 처지를 보고 있자니 참 딱해. 그건 어쩌면 우리 언니들만이 알아볼 수 있는 지점인지도 몰라.

봄의 해변에 나타난 안드레아는 여름이 되자 회복이 되어서 자매들과 함께 바닷가로 소풍을 나가. 바다에 뛰어들었다가 한참을 나타나지 않아서 자매들을 혼비백산하게 만들기도 하지. 젊음은 아무리 험한 조난을 당해도 쉽게 회복되는 법인가봐. 오후의 정원에선 자매들을 위한 연주회도 열었지. 안드레아는 바이올린을 기가 막히게 연주했어. 안드레아는 조난 후 기억에 약간 문제가 생긴 듯 보이는데 그는 아마도 음악가로 성공하기 위해 미국으로 가는 중에 조난을 당한 것 같아. 자매의 집 앞을 지나가던 젊은 여인이 그의 연주를 듣고 브라보를 외치며 다가오지만 자매는 그녀를 환영하지 않아. 안드레아와 말이 통하는 데다 이 마을에서 본 적 없는 낯설고 젊은 여인 올가. 자넷과 우슐라는 자신들이 이 여인과 경쟁할 수 없다는 걸 알지만, 할 수 있는 최선을 다해 경계의 눈빛을 보내. 그 눈빛을 다 받고 있다가는 화상을 입고 말 것 같아. 아니면 그 정원의 나무들에 얼음이 열리거나.

올가는 안드레아의 연주 실력이 범상치 않다는 걸 알아봤어. 올가는 화가인데 유명한 바이올리니스트이자 작곡가인 오빠에게 안드레아를 소개하고 싶어 해. 그래서 안드레아를 보호하고 있는 자매에게 편지를 보내지. 자신이 안드레아에게 무얼 해줄 수 있는지를 올가는 편지에 자세히 설명하고 있어. 자매들은 올가의 제안이 안드레아에게 아주 중요한 일이라는 걸 알아. 자신들이 줄 수 없는 모든 것을 올가는 완벽하게 가지고 있지. 재능을 펼칠 절호의 기회, 창창한 미래, 사랑까지도……. 자매는 두려웠어. 이미 안드레아가 없는 일상을 상상할 수가 없게 되어버렸거든. 자넷은 편지를 화덕에 집어넣어 태워버려.

하지만 비밀은 오래가지 못했지. 때는 여름이고, 안드레아는 자매들이 맞춰준 정장을 입고 밤이면 동네 선술집에 놀러도 가고, 바이올린 실력도 뽐냈어. 사람들을 사귀었고, 올가와 데이트도 하게 되지.

안드레아는 자매들이 올가의 편지를 숨긴 걸 알게 돼. 예전 같지 않게 냉랭해진 안드레아 때문에 자매들은 당황하지. 그러는 사이 올가는 오빠에게 편지를 썼고, 함께 런던으로 오라는 답신을 받아. 안드레아는 올가네 집에 들렀다가 올가와 함께 런던행 기차에 오르게 되지.

그날 저녁, 안드레아에게 용서를 구하고 화해를 청하기 위해 닭 요리를 차려놓고 기다리던 자매들은 안드레아가 올가와 함께 런던행 기차를 타고 떠났다는 소식을 듣게 돼. 그리고 얼마 후, 런던에서 소포 하나가 도착해. 올가가 그린 안드레아의 초상화와 안드레아의 짧은 편지였어. 안드레아는 말없이 떠나서 미안하다고 하면서 자매들의 보살핌에 감사를 표했어.

안드레아가 바이올린 주자로 데뷔하는 콘서트 현장에 자매는 나란히 객석에 앉아 있었어. 안드레아의 성공을 벅찬 가슴으로 지켜보았지. 리셉션에서 여기저기 부르는 사람이 많아 분주한 안드레아가 자매들을 발견하고 깜짝 놀라. 안드레아는 이 할머니들이 런던까지 올 수 있을 거라곤 생각도 못 했겠지. 그랬으니 초대장은커녕 공연 소식조차 전하지 않은 거겠지.

그 바닷가 마을 사람들이 최선을 다해 옷을 차려입고 자매의 집 거실 라디오 앞에 모여 앉아서 안드레아가 나오는 콘서트 중계를 함께 숨죽여 듣고 있을 거라고도 생각 못 했을 거야. 안드레아가 누워 있을 때 대소변을 치워주고, 정어리 파이를 만들어주고, 마지막 만찬을 위해 닭 요리를 준비해주었던 하녀가 이 거실 콘서트를 주도했다는 사실도 알지 못하겠지. 사랑받는 사람은 모르는 것이 많은 법. 그 해맑은 무지는 그를 미워할 수도 없게 만들지.

#

우슐라는 생에 단 한 번도 사랑받은 적이 없다고 생각하지만 그녀의 곁에는 언니 자넷이 있었어. 안드레아의 연주에 환호를 보내며 다가오는 올가를 냉대해 쫓아낸 것은 자넷이었어. 올가의 편지를 불태운 것도 자넷이고, 안드레아가 올가와 함께 떠난 소식을 전해주는 것도 자넷이었지. 우슐라는 충격적인 일이 있을 때마다 얼떨떨한 표정으로 멍하니 있을 뿐이고, 어떤 식으로든 판단을 내리고 대응을 하는 건 자넷이야. 그 상황이 지나가고 나면 우슐라는 그 상황과 언니의 대응에 대해 평가를 내리고 감정을 토해낼 뿐이지.

"너무 무례한 것 아니야?"

"어떻게 그럴 수가 있지?"

그럴 때마다 자넷의 표정이 참 묘해. 언니 자넷의 표정을 내가 번역해봤어.

'너의 마음을 헤아린 내가 너를 대신해서 너를 위한 조치를 한 것인데, 아무 의견도 대책도 없이 넋 놓고 있다가 이제 와서 이러쿵저러쿵하다니 황당하기 이를 데 없구나.'

사랑을 해보고 이별을 겪어보고 관계의 허무함을 아는 자넷은 우슐라가 상처받지 않도록 언니로서 최선을 다해. 하지만 우슐라에겐 그런 의무가 없어. 자신의 감정에 집중하기만 하면 되니까. 얼마나 자유로운지. 나도 우슐라가 되어보고 싶어. 다른 사람의 입장이나 감정을 헤아리려고 애쓸 필요 없이 오롯이 나 자체로 존재하기만 해도 되는 그런 삶을 살고 싶다고 생각하다가 널 떠올렸어. 너에 비하면 난 참 나 하고 싶은 대로, 언니답지 않고 맏딸답지 않게 살았거든. 너는 자넷 같은 사람이야. 지금도 그런지는 잘 모르겠지만. 하지만 그런 언니가 있기 때문에 우슐라는 멋진 결말을 완성할 수 있었지.

바이올리니스트로서 성공적인 데뷔 무대를 마친 안드레아와 짧은 인사를 나누고 난 뒤, 이런 결정을 하는 건 우슐라야.

"됐어, 이제 그만 돌아가자."

#

어쩌면 이건 스핑크스의 수수께끼 같은 이야기야. 아침에는 네 발, 점심에는 두 발, 저녁에는 세 발로 다니는 짐승은 무엇인가라는 질문 말이야. 안드레아는 어느 봄날 아침, 영국 콘월 지방의 해안가에서 할머니들에 의해 발견되어 들것에 실려 왔어. 그를 옮기는 데 네 개의 발이 필요했지. 어느 여름날 오후에 건강을 회복한 안드레아는 할머니들과 소풍을 즐기고 올가라는 젊은 여인과 사랑에 빠지고 밤에는 선술집에서 코가 삐뚤어지게 마시기도 하지. 그러곤 할머니들에게 작별의 말도 없이 훌쩍 자신의 미래를 향해 떠나버리지. 가을이 되면 안드레아는 자신을 돌봐준 할머니들에게 편지를 써서 감사를 표하고, 성공적인 데뷔를 기대해. 그리고 오래전부터 인생의 겨울을 살던 할머니들은 그의 인생에서 말없이 사라지는 거야.

그녀들은 안드레아를 지팡이 삼고 싶어 하지 않아. 둘이 서로 기댈 수 있으니까. 지금까지는 자넷이 우술라의 지팡이가 되어주었다면, 앞으로는 우술라가 자넷의 지팡이가 되어줄 건가 봐. 우술라는 조금도 당황하지 않고 망설이지도 않고 침착하게 말했지. 그만 돌아가자고. 사랑의 열병을 호되게 앓아본 사람만이 가질 수 있는 침착한 내면을 우술라도 갖게 된 걸 거야. 어느 날 어떤 모습으로든 사랑은 찾아오게 되어 있고, 인간은 언제나 어디에서나 변화되고 성장할 수 있다는 걸, 난 이 영화를 통해 다시 한번 믿게 되었어. 그것도, 여자들의 세계에서라면 말이야, 그 가능성이 아주 크고 넓다고 할 수 있지. 그런 의미에서 너희 자매에게도 우리 자매에게도, 아주 흥미진진한 미래가 기다리고 있는 것 같은데, 너도 동의하는지 참으로 궁금해지는 저녁이다.

2016년 12월 31일
세상의 모든 언니들에게

K에게,
창가에서
너를 생각한다

#
줄리아

프레드 진네만, 1977

햇살이 쏟아지는 창가에서 이 글을 시작한다. 겨울의 햇살은 유난히 투명하지. 차가운 공기를 가르고 쏟아지는 햇살의 날카로움에 대해서 처음 생각한 것은 아주 어린 시절이었어. 처마 끝에 매달린 굵은 고드름이 뚝뚝 눈물을 흘리는 모습을 넋을 놓고 바라보곤 했지. 그 물방울 끝에 언뜻언뜻 비치던 무지갯빛을 쳐다보느라 미간을 잔뜩 찌푸렸어. 아무리 주름 에센스를 발라도 펴지지 않는 미간 주름을 만지면서, 나는 가끔 그 시절을 생각하고, 오늘은 너를 생각한다.

너의 미간은 유난히 환하고 매끈했는데, 지금도 그런지는 모르겠구나. 너는 어려서부터 눈가의 웃음 주름이 유난히 눈에 떠었는데, 네 피부가 워낙 얇고 고와서 더 그랬겠지. 여드름 한 번 난 적이 없었던 고운 피부와 가지런한 치아가 자부심이었던, 겨울을 닮은 내 친구 K. 그런 너를 정작 겨울에 본 기억이 드물구나. 앨범에 간직된 너와의 추억들은 모두 여름을 배경으로 하고 있다. 하지만 너는 내 기억 속에 겨울의 친구로 남아 있지.

꼭 이맘때였어. 겨울방학이 지루해질 무렵, 네가 편지와 함께 보내준 하얀 녹음테이프, 너도 기억하는지 모르겠다. 당시 유행하던 가요와 팝송 들을 녹음한 120분짜리 테이프였지. 나도 그런 테이프를 종종 만들긴 했어. 내가 내 고물 라디오에서 녹음한 테이프들은 곡과 곡 사이의 간격도 일정하지 않았고, 라디오 DJ의 소개 멘트가 들어가 있기도 하고, 심지어 마지막 곡은 중간에 끊어져 있기도 했지만 너의 테이프는 그렇지가 않았어. 전문가가 만든 것처럼 완벽했지. 몇 번 돌려 듣는 사이 테이프가 늘어나서 괴상한 소리를 낼 때까지 줄기차게 들었는데, 25년이 지난 지금도 테이프 겉에 붙인 가느다란 스티커에 조그맣게 써넣은 너의 볼펜 글씨가 선명하게 기억이 난다. 마이클 볼튼, 레너드 코헨, 조하문, 이윤수 그리고 손무현⋯⋯. 아, 손무현이라니. 그 목소리, 그 이름을 아직 기억하다니⋯⋯.

현관문을 열고 나오면서, 어디로 가려고 나선 길인지를 곧 잘 잊어버리기도 하는 내 정신머리가 아직 그 이름을 기억하는 것이 참 이상도 하다. 얼마 전 레너드 코헨의 부음 소식을 들으면서, 그가 여태 살아 있는 사람이었다는 사실에 깜짝 놀라기도 했다. 그의 목소리는, 내게는, 지난 시절의 기억 사이에 꽂혀 있는 책갈피 같은 거니까. 어쩌면 기억 속 가수의 목소리란 기억의 책장에 꽂아둔 껌 종이 같은 존재이거나 조심스레 접어둔 책 모서리 같은 건지도 모르지. 지금, 겨울 햇살이 날카롭게 쏟아지는 유리 창가에서 너를 생각하고 있자니, 책갈피 사이에 꽂아둔 껌 종이를 꺼내 향기를 맡는 듯한 기분이 든다. 그리고 여러 추억의 사운드 클립이 한꺼번에 플레이되는 느낌이다. 그 느낌을 고스란히 안고, 이제 겨울 햇살이 쏟아지던 미용실 창가를 떠나려고 해. 머리 손질이 끝났거든. 집으로 돌아가 내 책상 앞에 단정히 앉아서 다시 시작할게. 영화 〈줄리아〉를 틀어놓으면 좀 더 잘 쓸 수 있을지도 모르겠어.

#

오래된 그림은 시간이 갈수록 투명해진다. 그렇게 되면 어떤 그림들은 밑그림이 보인다. 치마 뒤의 나무가 보이고 아이 뒤에는 강아지가 보이고 배가 떠 있는 곳은 바다가 아니게 된다. 이것을 펜티멘토라고 한다. 화가가 후회를 하고 생각을 고친 것이다. 나이가 들었으니 난 떠올려보려 한다. 나에게 있었던 것과 지금 내게 남은 것들을.

릴리언 헬먼의 스토리를 바탕으로 앨빈 사전트가 각본을 쓴 영화 프레드 진네만 감독의 작품 〈줄리아〉의 첫 장면을 너도 아는지 모르겠다. 새벽의 호수 위에서 낚싯대를 드리운 채 옛 생각에 빠진 릴리처럼, 나도 가끔 그렇게 옛 생각에 빠지고는 해. 벌써 늙어버린 걸까. 일단 기억 속으로 여행을 떠나지 않으면 어떤 이야기도 시작하기가 어려워.

영화 속의 릴리는 미국의 바닷가 별장에서 써지지 않는 글에 매달려 있느라 무척 신경이 예민해 있어. 글쓰기에 재능을 보이는 젊은 유대인 여성 릴리를 미국인으로 만들어준 남편 대시는 왕년의 유명 작가인데, 지금은 글쓰기를 그만두고 몸 쓰는 일을 하며 지내고 있어. 그는 릴리에게 작가가 되라고 부추긴 장본인으로 글쓰기의 고통에 몸부림치는 아내의 속을 마구 들쑤셔놓곤 해. 글쓰기가 안 되면 여기서 징징거리지 말고 어디로 여행을 가든지, 광부라도 되라면서. 그래, 그의 말이 백번 옳아. 글을 쓰려거든 여행자가 되고 광부가 되어야 해. 기억의 동굴 속으로 혼자 떠나서 무어라도 캐가지고 나오지 않으면 안 돼.

남편이 자꾸만 화를 돋우는 통에 더는 견딜 수가 없었는지 릴리가 벌떡 일어나서 어둠 속으로 사라져. 릴리의 낮은 독백과 함께 줄리아의 얼굴이 화면 가득 떠오르기 시작해. 릴리가 드디어 여행을 시작한 거지.

내 기억은 모두 알고 있다. 사실이 언제 어떻게 왜곡되었는지도 안다. 하지만 무엇보다 확실히 기억하는 것은 줄리아다.

나도 알고 있다. 너에 대한 내 기억을. 너에 대한 사실이 언제 어떻게 왜곡되었는지도. 하지만 사실 그것이 확실하다고는 말할 수가 없다. 내가 아는 네가 정말 너인지 확신할 수 없다.

내 기억 속에는 내가 기억하고 싶은 대로의 네가 있다. 기억하고 싶지 않던 일들을 애써 붙들고 있는 내가, 너와 소식을 끊어버린 세월을 그 기억으로 합리화해버리려는 내가 있다. 그러나 릴리의 말처럼 인생이란 것이 세월이 흐를수록 투명해지는 그림과 같다면, 그 밑그림 속에는 분명히 네가 있고, 아무리 지우려 해도 나는 그 흔적을 지울 수가 없을 거야.

네가 나를 떠난 그 여름을 기억한다. 한마디 말도 없었지. 영화 속의 릴리는 줄리아가 떠날 때 예쁘게 차려입고 배웅 나와 포옹을 나누고는 뒷걸음치며 손을 흔들었지만 우리에겐 그런 이별 의식이 없었다. 그 여름에 너는 나를 떠난 것이 아니라, 너를 둘러싼 모든 것을 떠나버렸으니까. 그런데 사람들은 나한테 묻더라. 너는 어디로 갔고, 왜 가버린 것이냐고. 사람들은 너

의 가장 친한 친구가 나라면서 너를 찾아낼 길이 나에게 있다
는 듯 계속 나를 추궁했어. 여러 날 밤을 너의 어머니가 울면서
내게 전화를 하셨지만, 나는 모른다는 말만 반복할 수밖에 없
었어. 그때 나는 깨달았지. 그 깨달음으로 인한 상처가 내 삶에
그려낸 그림이 이제는 보이기 시작한다. 내가 가장 좋아한 친
구는 너였지만 너에게 나는 그만한 존재가 못 되었다는 것이
그렇게도 아팠던 걸까.

　너의 책상 위에는 김광석과 들국화 테이프가 있었어. 우리
가 함께 레코드점에 간 날, 너는 나에게 변진섭의 신보를 사주
고, 네 몫으로는 퀸의 테이프를 샀지. 네가 나에게 녹음해주던
음악들과는 완전히 다른 세계, 너만의 세계를 너는 따로 가지
고 있었지. 나에게 『잃어버린 너』를 빌려주던 너의 책꽂이에는
카프카의 『성』이 있었는데, 아, 지금에야 다시 아프게 깨닫는
다. 나는 카프카의 다른 소설들은 다 읽었어도 여태 『성』을 읽
지 못했다. 네가 끝내 너의 어둠을 나에게 건네주지 않은 것처
럼, 나는 지금까지도 너를, 계속 밀어내고 있었던 걸까.

　여자에게는 완벽한 때가 있는데 얼굴에서 빛이 나고 몸은 우
아하고 활기가 넘친다. 그해에 줄리아가 그랬다.

　줄리아를 만나러 옥스퍼드를 방문한 기억 속에서 릴리는

줄리아의 가장 아름답던 시절과 마주쳐. 내가 너를 만나러 가기 위해 배를 탔던 그때. 그래, 겨울이었구나. 너의 결혼 앨범 속 23세의 내가 회색 코트를 입고 서 있겠구나. 바다 위로 부서져 내리던 겨울 햇살을 바라보며 나는 멀미를 했다. 네가 보낸 청첩장 속에 그 사진이 없었다면, 그 배를 타지 않았을 거다. 등산복을 입고, 환하게 웃고 있는 네 모습을 찍어준 사람과 너는 결혼을 한다고 했지. 그 아름다운 모습에 이끌리듯, 몇 년 만에 너를 만나러 가는 그 길은 너와의 재회도 아니었고 끊어진 우정의 회복도 아니었다. 돌아오는 배 위에서 이런 생각을 했어. 몇 년 전 여름, 말없이 떠났던 너를 이제야 배웅하는구나, 하고.

#

줄리아가 가끔 릴리에게 편지를 보낸 것처럼, 너도 나에게 가끔 편지를 보내곤 했지. 그런데 편지 속의 너는 예전의 너와는 완전히 달라져버렸어. 그 편지들이 가끔 반갑지 않을 때가 있었다는 걸 이제야 고백해. 서운해도 할 수 없어. 네가 아는 것을 나도 당연히 알고 있다는 걸 확신하고 있는 너의 말 속에서 나는 여러 번 현기증을 느끼곤 했어. 예전의 너는 내가 너와 다르다는 것을 너무도 잘 알고, 또 그래야만 한다고 생각하는 듯해서 서운함마저 느끼게 했는데, 우리가 서로 돌이킬 수 없는 간격으로 떨어져 있게 된 후로는 완전히 달라진 것 같았어.

너와 나 사이에 존재하던 그 투명하고도 분명하던 벽이 완전히 철거된 것처럼 너는 나에게 말하고 있었어. 편지 속의 너는, 전화기 저편의 너는, 너와 다르지 않은 나를, 너와 같은 생각을 하는 나를 요구하고 있었어. 지금 생각해보면, 너는 나를 수신인으로, 너 자신에게 편지를 쓰고 너 스스로에게 말을 걸었던 것은 아니었을까 싶어. 그걸 알았더라면, 너의 편지를 좀 더 편안한 마음으로 좀 더 오래 받아볼 수 있었을 텐데, 그땐 거기까지 생각이 닿지 못했지. 어리고 미숙한 시절이었다는 것으로 변명을 삼을 수 있을까.

네가 갑작스레 주소지를 옮기면서, 몇 달간 서로 연락이 닿지 않던 그때에 내 속이 얼마나 타들어갔는지 너는 모를 거야. 여름이 지나고 가을이 되고 겨울이 올 때까지 네가 어디로 숨었는지 아는 사람이 아무도 없었지. 내가 보낸 편지가 수취인 불명으로 반송됐고, 너의 전화는 불통이었어. 도무지 이해가 되지 않은 건, 그때 우리 사이에 교집합이 되어주는 지인이 전혀 없었다는 거야. 나는 너에게만 닿고, 너는 나에게만 닿는 완벽한 진공상태의 우정이었던 셈이지. 그런 세월이 존재했다는 게 지금은 이상하기만 하다.

1년 가까운 시간이 지나고 크리스마스가 가까워오던 어느 날 네가 전화를 걸어왔을 때, 기적이란 게 이런 게 아닌가 싶을 정도로 나는 놀랐어. PCS가 없어지고 국번이 바뀌던 시절이었기 때문에 새 번호를 알아내기가 어려웠을 텐데, 너는 용케도 내 번호를 짐작해서 전화를 걸었고, 내가 그 전화를 받았지. 전화번호 변경조차도 네가 감지할 수 있는 범위 안에서만 할 수 있었던 나였던 걸까. 그동안 연락이 안 됐던 이유를 따져 물었을 때 너는 말했어. 몸을 다쳐서 병원에 여러 달 입원해 있었다고. 지금은 다 나아서 괜찮다고. 그때 난 머리끝까지 화가 치밀어오르는 걸 감추느라 참 힘들었는데 그때 화를 낼 걸 그랬다 싶어. 네가 힘들고 아플 때, 아무도 곁에 없을 때, 그때 네 곁에서 너를 도와줄 기회를 내게서 빼앗은 건 쉽게 용서받을 수 없는 잘못이야. 네가 나에게 준 두 번째 상처였어.

#

여기까지 쓰고 조금 울고 있는데, 모니터 화면에서 릴리가 바닷가를 산책하는 장면이 나온다. 그토록 애를 먹이던 희곡을 탈고하고 조금은 홀가분해진 모양이야. 그래, 그 마음을 나도 알 것 같다. 릴리는 자기가 쓴 희곡이 브로드웨이에서 성공을 거두는 걸 직접 지켜봤어. 초연에 성공하던 날 릴리는 술에 취한 채로 남편에게 전화를 걸고, 줄리아에게는 편지를 써.

줄리아에게.
내가 보낸 극본 받았어? 우리가 바랐던 것처럼 브로드웨이에

서 올렸어. 다들 좋아했어. 너도 왔으면 좋았을 텐데……. 네
가 왔다면 내가 취할 필요가 없었을 텐데. 왜 이렇게 연락이
없는 거야?

이 편지에서, 줄리아가 왔다면 좋았을 거란 릴리의 말은, 어
쩐지 거짓말 같아. 릴리는 대본을 보내지도 않았을 거야. 나는
릴리처럼 대단한 글을 쓰지도 못했고 유명해지지도 못했지만
글을 쓰는 사람으로서 그쯤은 알 수 있어.

하지만 가끔 내가 방송 프로그램 원고의 인사말조차 쓰지
못하고 밤을 지새울 때, 마감 끝에서 너를 생각하곤 했어. 너
에게 들려주는 마음으로 오늘의 인사말을 쓰고, 너에게 편지
를 쓰듯 내가 있는 곳의 날씨를 이야기했지. 네가 듣지 못한다
는 걸 알기 때문에 쓸 수 있었던 말들이지만, 이 편지만은 너에
게 닿지 않아도 네가 이미 읽었을 것을 믿어. 너의 휴대전화에
내 번호가 있고, 내 휴대전화에 네 번호가 있어도 통화조차 하
지 않은 지 여러 해이고, SNS에서 서로 친구신청을 하지도 받
지도 않는 사이이지만 너는 내 남편이 가끔 안부를 묻는 유일
한 친구이고, 내 동생이 언니 친구의 별명을 기억하는 유일한
친구야. 때로 내가 지금의 모든 것을 떠나고 싶어질 때마다 너
를 생각하고 조금 더 견딘다는 것을 너는 알까. 나는 알아. 네가
더 이상 도망갈 데가 없을 때, 나를 생각하고 한 번 더 떠날 용

기를 낸다는 것을.

너는 나에게 돌아오고, 나는 너에게 돌아가 의지할 수 있다는 걸 알기에 우리가 이토록 오래 떨어져 있을 수 있었던 것은 아닐까. 설령 그런 날이 영영 오지 않는다고 해도 내가 여기까지 올 수 있었던 힘은, 외로울 때마다 나를 등 떠밀어주는 그 꿈 덕분임을 이제는 알아. 세상이 너에게서 빼앗을 수 있는 것을 다 빼앗고 나서 아무도 너를 필요로 하지 않을 때, 그럴 때 언제든 돌아와 쉴 수 있는 집이 되어주고 싶다는 꿈 말이야. 세상이 너에게 어떻게 했는지 나에게 종종 알려다오. 나도 그렇게 하마.

오늘은 여기서 줄여야겠어. 끝인사가 없는 우리의 편지는 이제 다시 시작이야. 편지는 여기서 줄이지만 〈줄리아〉는 끝까지 보려고 해. 일단 조금 더 울고 나서.

2016년 12월 31일
내 짝지에게

L에게,
너는 어디에나 있고
어디로든 가고

\#
일 포스티노

마이클 래드퍼드, 1996

아직 새벽에 꾼 꿈의 여운이 남아 있지만, 정신이 반쯤 꿈에 잠 긴 채 자리에서 퍼뜩 일어나 펜을 들었어. 너에게 편지를 써야 겠다는 생각이 들었거든.

　　너를 처음 안 것은 1981년의 어느 가을날이었어. 그때 나는 초등학교 1학년이었는데, 담임 선생님이 널 데려오라는 숙제를 내주셨지. 선생님이 주문한 너는 '국군아저씨에게 보내는 위문 편지'였어. 엄마가 숙제가 뭐냐고 물었어. 난 군인이 뭐 하는 사 람인지 잘 몰랐던 것 같아. 한 해 전에 우리 집에 하숙하던 대 학생 언니가 있었는데 그해 5월, 언니네 고향 마을 곳곳에 군인이 깔렸다는 이야기를 얼핏 들었던 기억은 났어. 그때 엄마가 언니에게 당분간 집에 가지 말라며 달랬던 것 같은데 그 시절 기억 속의 나는 언제나 연두색 비옷을 입고 있어. 그때 하숙생 언니가 나를 위해서 나무로 된 조각 그림 틀을 만들어주었던 기억도 나. 나무 조각들을 잘 맞추면, 바닷속 풍경이 펼쳐졌던 것도 생생하게 떠오른다. 선생님은 국군 아저씨들 덕분에 우리가 안심하고 살 수 있다고 하셨어. 그래서 나는 태어나서 처음 써보는 너에게 나름 정성을 들였던 것 같아.

한 번도 본 적이 없는 사람한테 무슨 말을 하나 고민하는 나에게 엄마는 이렇게 조언을 해주셨어.

"네 편지를 받을 군인 아저씨도 너를 본 적이 없어. 그러니 눈앞에 네가 보일 듯이 너를 잘 소개해봐."

그 말 한마디 덕분에 나는 처음으로 너를 완성했어. 다른 말은 다 기억이 안 나도, 일곱 살 여자애가 한 번도 못 본 군인 아저씨한테 나를 어떻게 소개했는지는 기억이 나. 머리를 양 갈래로 묶고, 빨간 가방을 메고 학교에 다니는 아이라고 했어. 비 오는 날을 좋아하는데 비옷을 입고 장화를 신을 수 있기 때문이라고. 내 비옷은 연두색으로 하얀 물방울무늬가 있다고도 썼던 거 같아. 내 머리끈 방울은 하얀색인데 머리를 묶을 때나 방울을 뺄 때 좀 아프긴 하지만 그래도 내 머리끈 방울을 좋아한다고도 했어. 내가 빨랫줄에 널어놓은 비옷을 누가 훔쳐 갔다는 걸 알았을 때 그토록 슬프게 울었던 것도, 내가 너에게 그 비웃에 대한 내 마음을 털어놓은 탓이었을 거야. 내 편지를 받은 군인 아저씨는 나를 그려볼 수 있었을 거야. 긴 머리 양갈래, 오동통한 뺨, 빨간 책가방에 노란 장화를 그리면 그게 딱 나니까.

그래서인지 약 한 달 뒤에, 나는 우리 반에서 유일하게 군인 아저씨에게 보낸 위문편지에 답장을 받은 아이가 됐어. 파란 볼펜으로 정성 들여 쓴 아저씨의 글씨체가 지금도 아련하게 보일 듯 말 듯 내 기억의 스크린을 물들이고 있어. 빨간 가방을 멘 꼬마 아가씨를 꼭 한번 보고 싶다고 했던 것 같아. 이후로도 위문편지는 수차례 써야 했지만, 하나도 기억이 나지 않는데 이 첫 번째 편지만은 한 장의 사진엽서처럼 아련하고도 오롯하게 남아 있네. 너에 대한 첫 번째 기억이 그런대로 선명해서 다행이다.

엄마가 해준 편지 쓰기 레슨은 아주 간단했지만 효과가 무척 좋았어. 이후로도 참 많은 도움이 됐던 것 같아. 처음 너를 만들 때에 망설임과 두려움이 없었으니, 이후 여러 가지 글쓰기 과제들에 대해서도 나는 그다지 어려워하지 않았던 것 같아. 초등학생 시절부터 일기 쓰기와 편지 쓰기로 글쓰기 경력을 화려하게 시작한 나는, 이후로도 너와 참 가깝게 지냈지. 사유서 쓰기, 반성문 쓰기가 하나도 어렵지 않았기 때문에 학교 생활이 만만했고, 친구들이 부탁하는 연애편지 대필도 좀처럼 거절하지 않았어. 그것이 내 무기라는 걸 나는 어렴풋하게나마 알았던 것 같아. 내가 너와 가깝다는 사실을 아는 사람은 나를 함부로 대하지 않더라고.

내가 장래희망에 '우체부'를 적어 넣은 건 초등학교 5학년 때까지였을 거야. 따릉따릉 벨을 울리며 골목골목을 돌아다니던 우체부 아저씨를 보면서 나도 저렇게 매일매일 사람들한테 너를 전하면서 살면 좋겠다고 생각했거든. 그런데 6학년이 되었을 때의 일인데, 국어 시간에 장래 희망에 관한 글을 적어 발표해야 했을 때, 나는 그 꿈을 우체부에서 과학자로 바꾸고 말았어. 우체부가 되려고 하는 그럴듯한 이유를 댈 수가 없었던 거야. 내가 너를 좋아하니까, 너를 보고 사람들이 반가워하는 모습을 보는 것이 보람일 테니까, 요즘 자전거 타는 걸 연습하느라 무릎과 팔꿈치에 피딱지가 그칠 날이 없는데 그래도 나는 행복한 우체부가 될 수 있을 거라고, 차마 발표할 수가 없었던 거야.

학교에 들어설 때마다 국기에 대한 경례를 하고, 집에 가다 말고 국기에 대한 경례를 또 하고, 민족중흥의 역사적 사명을 띠고 태어났다는 말을 조회 때마다 들으며 6년을 보낸 급우들 앞에서 내 꿈은 비웃음을 살 것 같았거든. 그런데 그럴듯한 발표문 작성을 위해 급변경한 '과학자'라는 꿈은 당장의 발표 시험에서는 낙제점을 면했을지 몰라도 끝내 나를 설득하지도, 움직이지도 못했어.

나는 우체부가 되고 싶었지만 내 인생을 좀 더 가치 있게 쓰기 위해서 과학자가 되기로 결심했다는 대목을 읽을 때 내 얼굴이 화끈거렸던 것도 기억이 나. 그때의 내게는, 네가 과학뿐만이 아니라 세상의 모든 학문의 시발점일 수 있고, 모든 변혁과 운동의 불쏘시개이자 사랑의 심장일 수 있다는 걸 말할 언어가 없었어. 네가 얼마나 많은 가능성과 신비로움으로 가득 찬 존재인지를 어렴풋이 느끼고는 있었지만, 그걸 표현할 언어를 갖지는 못했어. 마치 영화 〈일 포스티노〉에서 네루다를 만나기 전의 마리오처럼 말이야.

#

마리오는 가난한 섬마을에서 태어났어. 그는 아버지처럼 뱃사람이 될 운명이었지만 멀미 때문에 배를 타는 게 싫었어. 아침마다 미열이 있다는 핑계로 선창가에 나가길 거부했지. 그건 바로 나였어. 나도 멀미가 무척 심했어. 아침에 일어나자마자 배를 타러 나가야 한다면 정말 살고 싶지 않을 거 같아. 그는 그 마을에서 어부가 되든지 아니면 친구들처럼 멀리 다른 나라로 가야만 했는데, 그러려면 또 배를 타야 하니 그것도 여의치 않았던 거야. 아침 식탁에서 미국으로 일자리를 찾아 떠난 친구의 편지를 읽던 마리오의 심정은 나만이 알 수 있는 거라는 생각이 들 정도야. 나도 마찬가지였거든. 버스든 기차든 타고 멀리 나가지 않으면 내가 할 수 있는 일은 거의 없다시피 한데, 낯선 곳으로 모험을 떠난다는 건 더더욱 엄두가 안 나는 거지. 그런데 그에게 운명처럼, 우편배달부를 구한다는 공고가 나타난 거야.

언덕 너머 먼 곳에 사는 시인에게 우편물을 배달할 사람이 필요하다는 건데, 마리오는 그게 바로 자신이라는 걸 알았어. 글자를 읽고 쓸 줄 알며, 자전거를 갖고 있다는 것만으로 충분한 자격이 되었어.

그래, 나에게도 자전거가 있었지. 버스만 타면 10분 만에 얼굴이 노랗게 되는 나도 자전거를 타면 온종일 이 마을에서 저 마을로 아무리 돌아다녀도 멀미 같은 건 나지 않았어. 속이 뒤집어지는 기름 냄새에 시달리지 않고도, 괴상한 소리를 내는 엔진의 도움이 없이도, 포장길이든 비포장길이든 길이기만 하면 자전거는 나를 어디로든지 데려다주었지. 자전거도 엄연한 교통수단일진대, 유독 그것만이 멀미증을 일으키지 않는 건 그 것이 기름 냄새나 엔진 소음을 일으키지 않기 때문이 아니라는 걸 안 건 내가 어른이 된 이후의 일이야. 내가 무언가에 실려 가는 것이 아니라 내 두 발로 직접 움직여 가는 것이기 때문에 자전거 위에서 나는 웃을 수가 있었던 거야. 남자 친구와 데이트를 할 때 보기만 해도 멀미가 나는 아찔한 놀이 기구를 타볼 용기를 냈던 것도, 자전거를 탈 때의 내 자세를 생각하면 되겠다는 걸 깨달았기 때문이었어. 저게 나를 허공으로 올렸다가 내렸다가 하는 것이 아니라 내가 발을 굴러 올라갔다 내려갔다 하는 것이라면 무섭지 않을 거라고 생각했는데, 정말 그랬거든. 아, 그런 거구나. 산다는 것도 그런 거구나. 내가 내 의지로 나아갈 때, 두려움을 떨칠 수 있고, 아찔함 속에 들어 있는 짜릿한 즐거움도 맛볼 수가 있는 거였어.

시인 네루다가 마리오에게 시를 들려줄 때, 마리오는 멀미가 나는 것 같다고 했어. 파도가 이리저리 부딪치는 것 같다고. 시인은 그게 운율이라고 했지. 멀미의 괴로움을 뒤집으면 리듬의 즐거움이고 운율의 멋이 된다는 걸 마리오는 즉각 알아채지. 마리오는 이런 질문을 던져서 네루다를 당황시키기도 해.

"그러니까 선생님 말씀은 파도, 바위, 구름, 새 등등이 무언가의 메타포라는 건가요?"

사랑하는 베아트리체의 얼굴에 번지는 미소에서 마리오는 연약한 날개를 활짝 편 나비를 떠올려. 나비가 그녀의 얼굴에서 날개를 펴는 모습을 카메라는 절묘하게 포착해. 그 장면을 보면, 눈에 보이는 모든 것이 다 시가 될 수 있을 것 같아. 그리고 내 눈앞에 펼쳐진 모든 것이 다 어떤 세계의 메타포라는 것을 믿게 돼.

마리오는 그렇게 태어나고 자란 곳에서 한 발짝도 안 움직인 채로 다른 세계에 도달했어. 그리고 계속 그 세계로 나아가. 경사진 언덕길을 낡은 자전거의 페달을 밟아 올라가듯이 천천히 그리고 꾸준하게. 늙은 시인에게 너를 전하러 다니던 젊은 마리오의 길은 우리 모두의 길이야.

메타포의 세계와 운율의 길을 익힌 그의 삶은 영화 속에서 짧게 막을 내리지만 시가 짧다고 해서 감동이 짧은 것이 아니듯이, 이 편지를 여기서 줄인다고 해서 내 편지 이야기가 여기서 끝은 아니라는 걸 너는 알지. 이 우주 어딘가에 내가 쓴 편지와 받은 편지들이 이루고 있는 세계가 있다고 믿어.

\#

간밤에 내가 꾼 꿈은 또 어디선가 진행되는 내 다른 삶이 내 의식의 틈으로 환영이 되어 보낸 편지라는 것을 알아. 너는 어디에나 있고, 어디로든 가고, 또 언젠가는 답장을 주고 비밀을 밝히고 영감을 주지. 펜을 들고 누군가를 떠올려 인사말을 쓰는 자의 곁에서 미소를 보내고 아무리 꽁꽁 얼어붙은 영혼도 서서히 녹여내지. 너와 함께라니 앞으로 남은 여정도 계속 기대가 돼.

나는 마리오야.

너를 배달하면서 나는 매번 담장 너머의 세계를 보는 기분이야.

너는 나의 길이야. 나는 네가 될 거야.

2017년 3월 13일
내 편지들에게

W에게,
누구의 아내도 아닌
여인들이 등장할 때

\#
레이디 수잔
위트 스틸먼, 2016

저녁에 부는 바람이 제법 서늘하더니 오늘 아침엔 한기에 잠이
깼습니다. 어제가 칠월칠석이었다지요. 견우직녀가 1년 만에
만났다 헤어진 아침이라 그런지 축축한 공기가 설움을 한껏 품
은 듯하군요.

 직녀를 생각하면 마음이 아파요. 옷감 짜는 능력이 탁월한
직녀에게 가장 부족한 것은 옷감이지요. 짜도 짜도 더 많이, 더
빨리 생산해내라는 압박만이 돌아올 뿐이고, 잠시라도 게을리
했다가는 가혹한 벌을 받게 되어 있습니다. 은하수를 사이에
두고 떨어져 있던 연인이 7년 만에 만나는 날이라는 판타스틱

한 로맨틱 데이의 이면에는 끔찍한 예언이 숨겨져 있습니다. 노동하는 자는, 자본과 권력이 없는 자는, 목숨이 붙어 있는 한 그가 가진 재능만큼 착취당하리라는.

초등학생 시절 견우직녀 이야기를 처음 들었을 때는 그들이 마냥 가여웠습니다. 은하수를 사이에 두고 헤어져 있어야 하는 1년이라는 시간이 너무도 아득하게 느껴졌으니까요. 남녀 사이의 그리움이란 게 뭔지는 몰라도, 한 학년 올라가는 것만큼 힘들고 오래 걸리는 일도 없다고 느끼던 때니까요. 중학생쯤 되자 옷감 짜는 기술을 가진 그녀가 왜 목동과 결혼했을까, 더 좋은 신랑감은 없었나, 하면서 입을 삐죽이게 되었습니다. 그들이 만날 수 있게 다리를 놓아주던 까막까치들의 존재를 생각해보게 됐던 건 고등학생이 되어서였던 것 같아요. 칠석날 내리는 칠석우(七夕雨)는 까치들이 이들 커플의 재회를 기뻐하며 흘리는 눈물이고, 다음 날 아침에 내리는 비는 이별을 슬퍼하는 눈물이라는데, 실은 그 반대가 아니겠냐 생각하기도 했어요. 칠석날엔 부역에 동원된 까치들이 괴로움에 울고, 다음 날 아침엔 고된 집합 노동에서 해방돼 저마다 자기 보금자리로 돌아간 기쁨에 우는 게 아닐까 하고요. 아침 까치가 참 시끄럽잖아요. 그들의 요란한 아침 울음은 슬픔과는 거리가 멀지요. 반가움이지요.

고된 노동에 시달리며 헤어져 있어야 하는 1년은 견우와 직녀 같은 젊은 노동자들의 숙명인 걸까요. 견우와 직녀가 자신들의 직분에 충실하면서, 1년에 단 하루라는 휴가에 만족하고 더 이상 욕심을 부리지 않기에 은하계가 현재의 질서를 유지하고, 지구 또한 현재의 자전과 공전 속도로 발맞출 수 있는 것이라고 누군가는 말할지도 모르겠습니다. 그 '누군가'에 저절로 떠올려지는 어떤 얼굴과 목소리를, 우리는 저마다 갖고 있습니다. 그 질서가 적어도 '우리'를 위한 건 아닌 것 같습니다. 당신이 여전히 그 '누군가'의 집합에 속해 있지 않다면 말이죠. 견우와 직녀와 까치들이 해방되고 우주의 새 질서가 자리 잡아 설화의 세계에 그 흔적을 남길 때까지, 필요한 것은 무엇일까요? 몇억 광년의 세월이 필요할 수도 있지만, 눈 한번 감았다 뜨는 사이에 바꿀 수 있는 것인지도 모릅니다.

#

어쨌든 맹렬했던 여름이 풀죽고 가을이 오는 것은 반갑습니다. 한편으론 언제 시간이 이렇게 흘러가버렸나 싶어 한숨이 나는군요. 지난 3월이던가, 제인 오스틴 전집이 아름다운 장정으로 새로 나와서 큰맘 먹고 들여놓았는데, 손때 한번 타지 않은 채 그대로 놓여 있네요. 여자라면 한번쯤 빠져들 수밖에 없는 세계를 만들어놓은 작가 제인 오스틴. 그녀가 태어난 지 200년이 되었다고 해서 영국에선 화폐에 그녀의 얼굴을 새겨

넣었다지요. 저는 저대로 그녀의 전작을 가슴에 새겨 넣으리란 마음을 먹었지만, 구체적인 실행 계획 없는 막연한 구상은 공염불이 될 가능성이 매우 높습니다. 하지만 삶이란 게 또 계획대로 되는 것만은 아니지요. 제인 오스틴이라고 글만 쓰다 인생 마감할 거라 계획하진 않았을 거예요. 그러고 보면 그녀의 삶이 꼭 직녀 같군요. 마치 붙박이 가구처럼 집 안에 틀어박힌 채 이야기만 짜냈으니까요. 그녀에게 견우 같은 사내가 없었다는 증거는 없지만, 그녀를 이야기의 베틀 밖으로 끌어낼 만한 힘을 가진 이는 없었던가 봐요. 하지만 그녀가 손으로 짠 이야기들은 우리를 베틀과 견우의 세계보다 더 넓고 더 다양한 가능성의 세계를 열어주었지요.

전집은 미처 펼쳐보지 못했지만, 올해 개봉했던 영화 〈레이디 수잔〉은 챙겨 보았어요. 원작도 읽어보았고요. 41통의 편지로 구성한 이 소설은 제인 오스틴이 무려 19세에 쓴 작품이라죠. 거실 한 귀퉁이에 앉아서 엿보고 엿들은 얘기들로 이런 세계를 만들어내다니 정말 놀라워요. 하긴 십대의 여자아이들이란 친구의 손수건에 묻은 얼룩 한 점, 낙서 한 줄로도 얼마든지 상상의 나래를 펼칠 수 있는 존재이긴 하지요. 또 그들은 세계에 대한 빈약한 이해를 압도하고도 남을 재기발랄함과 특유의 잔망스러움을 가지고 있고요. 그 나이 때엔 그게 자신의 강점임을 모르는 게 함정이지요.

　사실, 우리가 알지도 못하는 이들이 주고받은 편지들을 통해 그걸 주고받은 사람들 간의 관계와 사건 들을 파악한다는 건 다소 많은 에너지가 필요한 일이긴 해요. 더구나 18세기 영국 사람들의 편지잖아요. 호칭이나 친척 관계가 우리의 문화와는 상이해서 적응하는 데 시간이 좀 걸리죠. 하지만 편지들은 쓴 사람의 성격과 가치관 그리고 상대를 대하는 태도 같은 것들을 명확히 드러내요.

　영화는 편지들 사이로 이야기를 직접 꾸려가야 하는 독자들의 불편을 단번에 해소해줘요. 얼마나 친절하게 구냐면 도입부에서부터 마치 관객들을 향해 명함을 내밀듯 인물들을 하나하나 소개하고 있어요. 초상화를 그려주는 화가 앞에 선 듯이 자세를 취한 등장인물들 위로 그들의 신분과 이름, 주요 성격이 문자로 나타나요. 주인공 레이디 수잔이 이들 속에서 어떤 활극을 펼쳐나가는지 우리는 지켜보기만 하면 되죠. 그러나 그런 친절과 배려 속에서도 영화는 관객에게 숙제를 남겨두었어요. 우아하고 기품 있는 태도로 아슬아슬한 관계의 줄타기를 하는 그녀가 궁극적으로 추구하는 욕망의 정체가 무엇이었는지는 명확하게 정리되어 있지 않아요.

　레지널드 드코시라는 매력적인 청년이 레이디 수잔의 소문을 듣고 호기심에 차서 누나네 집으로 와요. 수잔은 남자들의 마음을 쥐락펴락하는 사교계의 요부라는 소문이에요. 레지널드 드코시는 수잔의 동서 캐서린의 남동생인데, 캐서린은 그가 수잔에게 빠져들까 봐 걱정을 해요. 과연 누나의 걱정대로 레지널드는 연로하신 부모님이 하늘이 무너질 듯 걱정을 하시는데도 수잔 주변을 떠나지 못하지요. 부모님은 딸 캐서린이 보낸 편지를 통해 하나뿐인 아들 레지널드가 요부의 손에 요리되고 있는 걸 알게 되었어요. 영화에서 캐서린의 편지를 읽는 노부부의 모습 위로 캐서린이 쓴 편지가 한 줄 한 줄 새겨지는 걸 보노라면 딸이 보낸 편지 속 세상이 노부부의 온 세상임을 느낄 수가 있지요.

구두점 하나, 쉼표 하나 놓치지 않으면서, 그 행간에 배어든 딸의 한숨과 아들의 어리석음을 살뜰하게 읽어내지요. 아마 모든 부모님들이 다 그러시겠죠. 자식이 보내온 편지를 읽고 또 읽으며 시간을 보내시고, 아무리 읽어도 가슴의 허전함이 채워지지 않는 것을 한탄하시겠지요.

그나저나 청년 레지널드의 눈에 비친 수잔은 완벽함 그 자체입니다. 그녀의 말이며 행동 하나하나가 그의 마음을 사로잡았지요. 젊은 남자의 마음을 바꾸는 일쯤은 수잔에게 전혀 어렵지 않아요. 레지널드는 자신이 그녀를 섣불리 판단한 데 대해 깊이 반성하고 그녀를 적극 옹호하는 지경에 이릅니다.

레지널드는 부모님에게 수잔 편을 들어서 부모님을 또 한 번 기막히게 만드는 동시에 수잔과 결혼할 의사가 없다는 점을 분명히 함으로써 아버지를 안심시키는데요, 영화에서는 아버지가 아들을 불러다가 준엄하게 경고하는 장면이 나와요. 아버지는 말씀하시죠. "레이디 수잔과 결혼해서 아비로 하여금 아들에게 유산을 안 물려주는 보복을 하게 하지 말라"고요. 레지널드는 굳은 얼굴로 아버지에게 걱정하지 마시라고, 그건 불가능하다고 답했어요. 불가능하다는 게 수잔과의 결혼인지, 아버지가 유산을 안 물려주는 일인지 그건 잘 모르겠지만요. 수잔은 남편과 사별한 지 얼마 안 된 아름다운 미망인이죠. 프레데리카라는 딸이 하나 있고요. 남편이 죽은 후 지인들 사이를 동가식서가숙하며 지내는 형편이지만 궁색한 기색은 전혀 비치지 않아요. 심지어 비슷한 처지의 친구 하나를 몸종처럼 거느리고 다니죠.

#

레이디 수잔은 여러 남자를 놓고 머리를 굴리는 중이에요. 부유하고 매력적인 유부남 맨워링, 이제 막 자기 편으로 넘어온 신출내기 레지널드, 그리고 언제나 수잔의 손아귀에 있는 제임스 경이 있지요. 수잔은 모두에게 희망을 주고, 아무도 포기하지 않으면서, 모호하게 열려 있는 이런 관계를 게임처럼 즐기고 있어요. 동서 캐서린은 수잔이 이처럼 자유로운 연애를 위해 딸 프레데리카를 냉담하게 방치하는 것에 충격을 받아요.

반면 레지널드의 생각은 달라요. 수잔은 딸을 위해 희생하는 훌륭한 어머니, 프레데리카는 그런 어머니에게 반항하는 철부지라고 보지요. 남매가 한 모녀에 대해 이렇게 정반대의 관점을 갖게 되는 것은 수잔이 그걸 의도했기 때문일 거예요.

상대에 따라 자신의 어떤 면을 노출시킬지를 스스로 결정하고 실행하는 수잔의 주도면밀함에는 관객조차 속아 넘어갈 지경이죠. 수잔을 경계하는 캐서린의 눈에는 수잔이 못된 엄마로 보이기 쉽고, 따라서 그런 엄마에게 고통받는 시조카 프레데리카는 동정심을 유발하기 좋은 조건에 있지요. 프레데리카에 대한 캐서린의 동정심은 관심과 애정으로 자라납니다. 마침내 캐서린은 자신의 집을 떠나 런던에 간 수잔을 찾아가 거의 엎드려 사정하다시피 해서 프레데리카를 다시 데려가기에 이르지요. 시골이 프레데리카의 건강에 더 좋을 거라고 하면서요. 그다음 수순은 레지널드가 프레데리카와 가까워지는 것이고, 두 사람 관계의 발전을 캐서린과 그녀의 가족들이 모두 반기게 되지요.

가족들로서는 레지널드가 열두 살 연상의 과부와 결혼하는 것보다는 그 딸인 프레데리카와 결혼하는 것이 훨씬 낫지요. 애초에 레지널드가 수잔과 얽히지 않았다면 결코 성립되지 않았을 인연을 수잔이 솜씨 좋게 엮어낸 것입니다.

사실 이것은 영화를 본 제 관점에서 해석한 것이고, 제인 오스틴이 쓴 소설의 결말은 전혀 다릅니다. 과부 수잔이 분에 넘치게 사돈 청년 레지널드를 탐내다 결국 딸에게 빼앗기고 할 수 없이 멍청한 제임스와 결혼하게 되어 벌을 받는 것처럼 쓰여 있어요.

하지만 저는 그렇게 읽을 독자 뒤에서 슬며시 미소를 짓고 있을 19세의 제인을 느낍니다. 위트 스틸먼 감독은 그걸 눈치챈 것 같아요. 제가 보기엔 영화의 말미에 복잡한 미소를 짓고 있는 수잔을 통해 제인의 속내를 드러내려 한 것만 같거든요.

그녀의 미소에 담긴 진심이 무언지는 보는 이의 마음에 달려 있을 거예요. 수잔의 말처럼 '영악한 데가 있는' 딸에게 당한 엄마의 패배 내지는 체념의 미소일 수도 있지만, 무사히 미션을 수행한 웨딩플래너로서 안도의 미소를 짓는 것도 같거든요. 분명한 건 레지널드가 프레데리카를 선택한 것으로 상황이 수습되었다는 거예요. 레지널드는 수잔에 대한 세간의 소문을 믿은 자신의 얇은 귀를 탓했던 것처럼, 수잔의 말만 듣고 프레데리카를 폄하했던 것도 반성합니다. 그렇게 해서 레지널드는 프레데리카의 순수한 매력에 눈을 뜨고, 그녀와 결혼까지 하게 되는 거죠. 이러한 반전이 너무도 급작스러워서 관객은 다소 황당한 심경에 사로잡히지만 생각할수록 그 논리적인 합당함에 고개를 끄덕이지 않을 수 없게 되죠. 수잔은 결국 자신의 딸을 화목하고 부유한 가족의 품으로, 순수하고 젊은 청년의 짝으로 만드는 데에 성공한 셈이 되니까요.

딸의 결혼식에서 수잔은 자신을 숭배해 마지않는 남자 제임스 경과 매력적인 유부남 맨워링 사이에 서 있습니다. 배가 부른 채로요.

\#

수잔은 자신을 아는 모든 남자들이 어떤 경우에도 그녀의 선의를 의심하지 않게 만들고, 어떤 오해를 하더라도 더욱 확신에 찬 존경심으로 바꿔놓을 수 있는 재능을 가졌어요. 그 시대에 수잔의 처지에 놓인 여인에게 그런 재능이 없었다면 그누구의 아내도 아닌 '레이디 수잔'의 시기를 무사히 지나갈 수가 없었을 거예요. 그녀는 연애와 결혼의 직녀예요. 시대가 짜놓은 제도와 관계의 그물망 속에서 살아남는 길을 능숙하고도 치열하게 헤쳐 나가지요. 남자들이 유지하고 싶어 하는 환상과여자들이 간파하려는 진실, 그 사이의 공간을 차지하고 자신의 자리를 확보해나가며 놀 줄 아는 여자예요. 위험 부담이 크지만 더없이 짜릿한 보상이 주어지는 이런 게임에서 승리하는 수잔 같은 여인을 보면 베틀 앞을 못 떠나는 직녀의 삶이 한없이 가여워져요.

하지만 진실함이 없는, 화려하지만 황폐한 수잔의 삶도 그리 부럽지만은 않아요. 1년 내내 사랑하는 이를 생각하며 열심히 일하다가 그를 만날 수 있는 시간이 단 하루뿐임을 슬퍼하는 직녀의 세계와 평생 안락함을 보장해줄 울타리를 얻기 위해 사랑 따위에 마음 둘 새가 없는 레이디 수잔의 세계. 어쩌면 우리는 아직도 그 두 세계 사이에서 '선택'을 강요받고 있는 것은 아닐까 하는 생각에 마음이 우울해집니다. 직녀처럼 성실하고 수잔처럼 승리하며 모두에게 사랑받고 싶은 당신의 욕망이 스스로를 얼마나 힘들게 하는지를 생각하면 더욱 우울해져요.

#

제인 오스틴이 '편지'라는 형식으로 우리에게 소개한 인물들과 그들의 세계는 편지가 오가지 않으면서 급히 저물어버립니다. 누군가의 부인이 아니어서 문제적 존재였던 '레이디'들이 자리를 잡고 난 후로, 그토록 바빴던 우편배달부는 한가해지고 우체국도 수입이 줄어들었다는 것이 제인 오스틴의 설명입니다.

하지만 남자에게 소속되어 있는 여자의 자리는 언제나 가변적이어서 레이디들은 여전히 나타나 문제를 일으켰다 사라지고, 또 사라지지 않습니다. 그래요. 편지를 쓰면서 자신의 감정을 확인하고, 자기변명을 하고, 상황을 객관화하고 성찰하며 앞일을 함께 도모해나가던 친구들과 그들의 시대는 사라져버렸는지도 몰라요. 그러나 편지들은 흘러간 시대가 남겨둔 클라

우드처럼 아직 우리 곁에 남아 있지요. 거기에서 우리는 필요한 것을 다운로드해서 요리조리 뜯어보고 씹어보며 그 시대를 재구성하고 새로운 이야기의 길을 내곤 해요. 거기엔 빈구석이 많기에 가능성도 무한히 남아 있어요. 제인 오스틴이 편지로 된 소설로 우리에게 보여준 이야기처럼요.

그런데 우리가 사라진 후의 사람들은 우리가 존재했던 세계를 어떻게 들여다보게 될까요? 우리의 카드 명세서와 SNS에 남긴 흔적들과 계통 없는 이미지들이 무한대로 저장된 데이터 더미 속에서 상상력이 끼어들 공간은 얼마나 될지, 그 속에 담긴 영혼의 함량은 얼마만큼의 비중일지 의문이 듭니다. 이렇게 방대한 자료를 남길 수밖에 없는 시대를 사는 우리에게는 다시 18세기의 방식과 19세의 방식이 요구됩니다. 제인 오스틴이 한 것처럼 우리도 18세기 식으로, 19세의 영혼으로 도전해야 해요.

그 무엇으로도 고정될 수 없는 유동하는 여성의 자리에서도, 혼자서는 아무런 변화도 만들 수 없는 나약한 처지에서도, 지속적으로 할 수 있는 일을 찾아낼 수는 있지요. 우리의 머리를 간질이는 잔망스러운 상상력과 빈틈으로 가득 찬 이야기들이 지금 이 순간에도 어디선가 끊임없이 만들어지고 퍼뜨려지고 있다는 걸 우리는 알고 있지요. 서사가 촘촘하지 않고, 논리는 완벽하지 않고, 확고한 증거도 없기에 수많은 댓글을 불러들이는 이야기들로 이 세계의 완고한 벽들은 서서히 무너져가요.

칠석날 밤과 아침의 비가 유난히 차가웠습니다. '1년에 한 번'이라는 오래된 관습을 깨뜨릴 용기를 견우 따위가 낼 리가 만무하잖아요. 틈나는 대로 잔망스러운 상상력을 마음껏 펼쳐보기를, 영악한 머리를 부지런히 굴려보기를, 아무도 해치지 않는 그 작은 힘들이 모이면 보이지 않는 벽을 밀어 넘어뜨리고, 대우주의 질서마저도 바꿀 수 있다는 걸 믿어보는 가을입니다.

2017년 8월 28일
세상 모든 레이디에게

part 2

여전히 당신을

기억하고 있어요

**G에게,
당신이 살아 있다면**

\#
로즈

짐 셰리던, 2017

13년 전, 그 도시를 떠나오기 전에 당신을 찾아갔습니다. 드넓은 공원묘지에서 당신을 찾는 일은 어렵지 않았습니다. 관리인이 정확한 좌표를 손에 쥐어주었지요. 비석에는 당신의 마지막 혈육일 우리 자매의 이름도 또렷하게 새겨져 있었습니다. 당신이 그곳에 묻히던 때에 저는 중학교 2학년이었습니다. 아무도 당신에게 저를 데려다주는 사람이 없었으므로, 그저 어렴풋이 짐작만 할 뿐이었습니다. 오래되고 낡은 가족 앨범 속에서 당신은 하얀 저고리에 검정 치마를 입고 시청 앞에 서 있습니다. 낯선 옷을 입고 찍은 증명사진 같은 것도 있습니다. 아무도 그

옷이 무엇을 의미하는지 알려주지 않았지만, 저는 사람들이 그 옷을 '인민복'이라 부른다는 것을 압니다. 당신의 사망증명서는 지금은 사라지고 없는 어느 요양원에서 발행한 것입니다. 그 기록에 따르면 정신분열을 오래 앓던 당신은 심장병으로 사망하였습니다.

저는 지금껏 당신의 삶에 대해 생각해보지 않았습니다. 제게는 당신에 대한 기억이 하나도 없습니다. 당신은 나를 본 적이 있었을까 궁금했지만, 나는 아무에게도 물어보지 않았습니다. 가족들 속에서 지금 여기 없는 사람에 대해 질문하는 것은, 제겐 언제나 두려운 일이었죠. 사라져버린 사람에 대해서, 애써 지워버린 시간에 대해서 철없는 질문을 하는 것은 안 될 일이라는 걸, 어린 몸은 본능으로 알았습니다.

#

당신이 살아 있다면, 어떤 모습일까. 짐 셰리던 감독의 2017년 영화 〈로즈〉의 시사회석에 앉아 있던 저는 잠시 당신 생각에 빠집니다. 영화의 주인공 로즈는 수십 년 머물던 요양원에서 다른 곳으로 옮겨질 처지에 놓였습니다. 요양원은 곧 철거되고 그 자리에 호텔이 선다고 했습니다. 로즈는 다른 병원으로 옮겨지거나, 아니면 자유의 몸이 될 수도 있습니다. 그것을 결정하기 위해 정신의학 박사 마이클이 로즈에게 말을 걸기 시작합니다. 마이클은 그녀에 대한 기록과 그녀의 말 중에서 무엇이 진실인지 가려내고자 합니다. 당신에게는 그런 기회조차 없었지요. 30년 전 그 봄에 그 요양원에서 당신이 세상을 떠나지 않았다면, 그 요양원이 사라지는 10년 후에도 살아 계셨다면 당신은 어디로 가야 했을까요?

생각이 꼬리에 꼬리를 무는 사이 스크린 위에서는 만삭의 로즈가 맨몸으로 바다를 건넜습니다. 그 뒤를 젊은 신부 곤트가 뒤쫓고 있습니다. 로즈를 정신 병원으로 보낸 건, 곤트 신부였습니다. 결혼하지 않은 여자가 혼자 아이를 낳았고, 그 아이를 죽였다는 것이 이유였습니다. 신부는 교구에 보내는 보고서에서 그녀를 '색정증 환자'라고 했습니다. 과도한 성욕을 주체하지 못해 광기를 보인다는 것입니다. 이 보고서 덕분에 로즈는 살인죄로 기소되는 대신 정신 병원에 수용되었으니, 어쩌면 관대한 처분이라고 할 수 있을지도 모르겠습니다. 아무도 그녀의 말에 귀를 기울여주지 않았을 겁니다. 당시 아일랜드에서 가톨릭 신부의 판단과 결정은 곧 진리였을 테니까요.

그래서 로즈는 100세가 되어서도 좀처럼 자기 얘기를 하지 않습니다. 대신 로즈는 썼습니다. 간직하고 있던 성경책을 펼쳐 'The Book of Job'이라고 새겨진 글자 위에 펜으로 겹쳐 씁니다. 'The Book of Rose'라고. 이제 그 책 위에 로즈가 겪은 고난의 시간이 기록되기 시작합니다. 서배스천 배리의 원작 소설에는 그녀가 따로 일기를 쓰는 것으로 나오지만 저는 간직하고 있던 성경에 그림과 글을 겹쳐 쓰는 영화의 표현이 훨씬 마음에 듭니다. 원작 소설에서 그녀의 이름은 로즈가 아니라 '로잔느'입니다. 소설과 영화는 둘 다 〈로즈〉라는 제목을 달고 있지만, 원제는 'The Secret Scripture'입니다. 그러니까 이 이야기는 두 사람의 비망록인 셈입니다.

#

그녀는 인생의 끝자락에서 매일 자신의 일상과 기억을 기록합니다. 마이클도 병원의 철거를 앞두고 매일 일기를 씁니다. 이 기록들은 각자 다른 공간에서 쓰이지만 서로를 향하고 있습니다. 일기는 쓰는 순간은 자신만을 위한 것 같지만, 쓰이고 나면, 일기장은 그 속에 담긴 내용을 진실로 받아들이고자 하는 사람을 위한 것이 됩니다. 영화 속에서 로즈가 매일 무언가를 그려 넣거나 써넣은 성경책을 그토록 소중하게 여긴 것은, 그걸 읽어줄 누군가를 의식하기 때문입니다. 영화 속 마이클은 일기를 쓰지 않지만 로즈의 일기장에는 관심을 보입니다. 소설 속에서는 '그린 박사'로 등장하는 마이클은 로잔느의 일기장을 가지고 영국으로 갑니다. 그녀의 진실을 확인하기 위한 그 여정에서 그린 박사는 일기장에 끼워져 있는 편지 한 통을 발견합니다. 아마도 그건 로잔느가 받은 유일한 편지였겠지요. 곤트 신부에 의해, 종교의 권위에 의해 그녀가 세상에서 격리된 이후, 그녀는 모두에게 없는 사람이 되어버렸을 텐데, 그런데 누군가, 그녀에게 미안하다는 편지를 쓴 겁니다.

그 옛날 있었던 일들에 양심의 가책을 느끼고 있다는 걸 알려주고 싶소. 그럴 리도 없겠지만 날 용서할 필요는 없소. 하지만 내가 얼마나 후회하고 있는지 알려주기 위해 이 편지를 쓰오. 아주 오래전 일이지만 어제 일처럼 느껴지는군. 자주 떠오르기도 하고 심지어 꿈도 꾼다오.

편지는 로잔느가 사랑했던 남자, 결혼해서 남편으로 맞은 남자 톰의 형인 잭이 결장암에 걸려 병원 침실에 누운 채 써서 보낸 것이었습니다. 편지에는 그의 가족들이 모두 로잔느를 외면하고 심지어 박해한 일들과 그 이유가 적혀 있었습니다. 로잔느가 이 편지를 읽었는지 아닌지 그린 박사는 알 수 없다고 했습니다. 편지는 뜯어본 흔적이 없었다고 했습니다. 어쩌면 뜯어본 후 안 읽은 것처럼 다시 봉인한 것인지도 모른다고 했습니다. 그럴 수도 있습니다. 로잔느의 입장에서는 이 편지가 잠깐의 위로가 되어주었을지도 모르지만, 결과적으론 절망스러운 자신의 처지를 다시 한번 확인해줄 뿐이었습니다. 이미 너무 많은 시간이 흘렀고, 이제 와 자신의 결백을 다시 주장해봤자 죽어가는 남자가 쓴 편지 같은 것이 그녀의 수십 년 인생을 보상해줄 힘을 갖지는 못할 테니까요.

그러나 그렇다고 해서 그 편지가 가진 힘이 사라지는 것은 아니었지요. 그린 박사의 손에서 그 편지는 힘을 발휘합니다. 그린 박사는 그 편지를 통해 로잔느가 무엇의 희생양이 되었는지 알 수 있었습니다. 가톨릭 교회가 모든 걸 좌지우지하던 아일랜드의 시골 마을에서 장로교도 집안의 아름다운 소녀는 모든 사건의 중심이 되기에 충분했습니다. 그녀는 난폭한 시대가 배설한 양심의 쓰레기들 속에 파묻혀버린 한 송이 장미꽃이었습니다.

당신은 일기를 쓰지 않았나요. 누군가 당신에게 편지해주는 사람은 없었나요. 저는 왜 이제야 그것이 궁금해지는 것일까요. 전쟁통에 남편을 잃은 당신이 어린 자식 둘을 데리고 살아낸 세월이 어떤 것이었을지 저는 감히 짐작하지 못하겠습니다. 아마 당신의 일기와 편지들이 있었다 해도, 저는 읽을 엄두를 내지 못했을지도 모르겠습니다. 로잔느, 혹은 로즈가 갖고 있던 책과 그녀에 대한 서류들 앞에서 왠지 모를 두려움에 떨던 마이클 혹은 그린 박사의 심경을, 저는 감히 안다고 말할 수 있습니다.

영화에서 마이클은 돌아가신 부모님의 집에서 편지 한 통을 발견해내더군요. 마이클은 어느 가정에 입양되어 자랐는데 친부모가 누구인지 모르고 있었습니다. 그러다가 부모님이 남긴 편지를 통해 자신의 출생에 얽힌 비밀을 알게 되는 것입니다. 그 비밀이 누구의 비밀과 연결되어 있을지는 굳이 말하지 않아도 짐작하시겠지요.

#

영화를 보면서 처음에는 로즈의 비밀 성경책에 매혹되었죠. '욥의 책'이 '로즈의 책'이 되는 그 장면에서 침을 꼴딱 삼켰습니다. 그런데 원작 소설을 읽기 시작하자, 그린 박사의 비망록이 더욱 흥미롭게 다가왔습니다. 영화에는 나오지 않는 얘깁니다. 그린 박사에게는 아내 벳이 있었습니다. 병원 철거를 앞두고 로잔느의 거취 문제를 고민하던 그린 박사는 종종 아내가 쓰던 다락방으로 올라갑니다. 아내가 쓰던 향수의 잔향이 희미하게 배어 있는 침대에 누워 그녀의 책장을 들여다보곤 했습니다. 거기엔 '장미'에 대한 책들이 있었습니다. 작가 서배스천 배리로서는 영화가 이 장면을 그리지 않은 것이 못내 서운할지도 모르겠습니다. 정신병동에서 반백년을 살아온 로잔느에 대한 공식적인 기록과 비공식적인 기록들 사이에서 과거의 진실을 찾아내려는 한 남자의 집착에 가까운 노력을 이해시키기엔 영화의 러닝타임이 충분하지 못했습니다.

박사가 로잔느의 과거를 찾는 여정은 곧 그 자신을 찾아가는 길이었지요. 어쩌면 죽은 아내에 대한 자신의 감정을 들여다보려는 시도였는지도 모릅니다. 그는 자신을 제대로 알지 못했기 때문에 아내를 사랑하는 일에도 서툴렀습니다. 로잔느의 진실에 다가가는 과정에서 그는 죽은 아내 벳에 대한 감정을 회복합니다. 오랜 결혼 생활 속에서 스스로 깨버린 신뢰가 앗아가버린 애정과 그리움 말입니다.

영화는 로즈를 짓밟은 폭력에 대해 분노의 감정을 갖게 했지만 소설은 남자의 변화를 지켜보며 미소를 짓게 만들었습니다. 짐 셰리던의 영화가 원작 소설 속 '로잔느'의 이름을 '로즈'로 바꾼 까닭도 짐작이 됩니다. 영화는 여자의 사연에 집중하느라 생략해버릴 수밖에 없었던 남자의 이야기를 '로즈'라는 이름 속에 압축해 담았습니다. 자신을 탄생시킨 사랑의 기원을 모르는 사람은 자신을 알지 못하지요. 자신을 알지 못하는 사람은 누군가를 제대로 사랑할 힘을 갖지 못합니다.

'로즈'의 과거를 찾아 헤매는 남자의 여정이 우리에게 일러주는 것은, 로즈는 언제나 거기 있다는 사실입니다. 발견해주고 향기를 맡아주는 사람을 위해서 아무리 거센 풍파도 난폭한 세월도 다 견디고 거기 있습니다. 언젠가 읽어줄 누군가를 기다리는 편지 한 통처럼, 고요한 기적처럼 거기 있습니다. 당신이 편지 한 통 남기지 않았다는 걸 믿지 않습니다. 오늘 내게 다가온 영화와 책과 봄날의 지는 꽃들이 모두 언젠가 어디에선가 누군가 보낸 편지라는 걸 압니다. 벚꽃이 지고 나면 장미의 계절이 오는 것을 믿듯이 당신의 사랑이 제게 남긴 몫이 어딘가 있다는 것을 믿습니다. 이제, 당신의 삶을 읽으러 갑니다. 오래도록 맡아온 그 향기의 기원을 찾으러 가겠습니다.

2017년 4월 13일
봄바람에서 당신의 숨결을 느끼며

Y에게,
당신을 사랑합니다,
왜 숨기나요?

오네긴
마샤 파인즈, 2000

내 인생이 통째로 걸린 것 같은 밤들이 있었습니다. 세상은 아무렇지도 않고 평소와 다름없는데 나만 혼자 감정의 배를 타고 세상 끝까지 가는 밤이지요. 하얗게 동이 터올 때가 되면 마음이 달라져버리리란 걸 알면서도 끝도 없이 새까만 어둠 속을 헤맵니다. 그러나 아무도 나의 손을 잡아주지 않았고 불을 밝혀주지 않았습니다. 서 있는 곳에서 발을 떼지 않고서는 한 발짝도 나아갈 수가 없는데, 발을 떼지 않은 채로, 어쩌면 몸을 일으킬 생각조차 않은 채로 다른 곳을 꿈꾸었기 때문일 것입니다.

내가 달아나고 싶은 현실과 당신을 향한 감정은 전혀 다른 방향이었는데 저는 그것을 하나로 뚤뚤 말아 끌어안고 고뇌했습니다. 도무지 하나의 점으로 수렴되지 않는 분열적인 내 영혼의 좌표를 어슴푸레 깨닫는 새벽이면, 밤 동안 당신에게 썼던 편지들이 부질없어졌고, 쏟아부은 감정들이 누추해졌습니다. 그러나 한 자 한 자 눌러쓴 그 글자들에 깃든 밤의 꿈결 같은 희망만은 너무도 사랑스러워서 하염없이 쓰다듬어보지 않을 수 없었습니다.

#

〈오네긴〉이라는 영화가 있습니다. 영국에서 제작한 영화입니다. '러시아의 심장'이라 불리는 대문호 푸시킨의 운문 소설 『예브게니 오네긴』을 스크린으로 옮겼습니다. 영국의 입김으로 되살려낸 영화 속 타티아나에게 나는 좀 불만입니다. 그녀는 〈제인 에어〉 속 제인이나 〈폭풍의 언덕〉 속 캐서린보다도 생기가 없습니다. 푸시킨의 타티아나와는 비슷하지도 않은 인물입니다. 하지만 그녀가 낯선 남자 오네긴을 향해 편지를 쓰는 장면에서 발산하는 열정만큼은 나를 감동시키기에 충분했습니다. 그 장면에서 그 옛날 당신에게 편지를 쓰던 내 모습이 겹쳐 보였기 때문이겠지요. 푸시킨의 소설 속에서는 프랑스어로 썼을 그녀의 글은 영화 속에서 유려한 필기체 영어로 모습을 드러냅니다. why, your eyes, secret 이런 단어들이 나왔던 것 같습니다. 그리고 love도요.

타티아나가 그랬던 것처럼 저도 만년필에 잉크를 채워 넣고, 종이를 마룻바닥에 펼쳐놓은 후 그 위로 나를 쏟아내듯이 그 단어들을 써보았습니다. 밤새 그렇게 신들린 듯 편지를 쓰고도 피로를 몰랐던 타티아나, 오히려 한결 생기가 돌고 편안해진 모습으로 아침을 맞이한 타티아나와는 달리 저는 이내 속이 울렁거리고 머리가 무거워졌습니다. 멍하니 주저앉아서 그때, 그 편지를 당신에게 보냈다면 어땠을까, 생각에 잠깁니다. 제게는 당신에게 보내지 못한 편지가 있지요. 그래서 오늘까지도 이렇게 편지를 쓰고 있는지도 모릅니다. 타티아나, 그녀에게는 일생에 단 한 번, 단 한 사람에게 보내었던 사랑의 편지가 있었지요. 그 편지는 누구의 손을 타지도 않고, 어떤 모략에 휘말리지도 않았으며, 배달 사고를 당하지도 않은 채로, 신실했던 유모의 손자가 오네긴에게 정확하게 전달했습니다.

사실 타티아나의 사랑은 방해받을 일이 없는 것이었습니다. 호사가들의 입에 오르내릴 만한 특이 사항도 없고, 특별한 연적도 없고, 가문의 자부심을 드러내기 위해 형식적으로나마 반대를 표할 남자 어른도 없었습니다. 아, 그렇군요. 그래서였군요. 이른 아침 숨을 헐떡거리며 달려온 소년이 건네준 편지를 무심한 눈으로 읽다가, 벽난로 속으로 던져버린 것은, 바로 그 때문이었군요. 그건 그녀가 너무도 간단한 상대이기 때문이었 군요. 예측 불가능하고 복잡하며 교묘한 심리전이 가득한 도시 사교계 여인들과 시골의 타티아나는 너무도 달라 오네긴의 호 기심도, 도전 정신도 불러일으키지 못했군요. 연애란 잠깐의 유 희에 불과하다고 생각하는 오네긴에게 자신의 운명을 맡긴다 며 달려드는 타티아나의 열정은 성가신 골칫거리에 불과할 뿐 이었겠죠. 시골에서 낯선 외지인을 본 처녀의 가슴속에 피어난 열정이 어린애 장난처럼 느껴졌겠지요. 부자에다 견문이 넓은 자신을 바라보는 처녀의 감정이 너무도 단순한 듯해서 시시했 고, 동시에 너무도 진실해서 외면하고 싶었는지도 모릅니다.

타티아나가 오네긴에게 보내는 편지

당신에게 씁니다, 더 무엇을 할 수 있나요?
더 무슨 말이 있을 수 있나요?
압니다, 당신이 저를 경멸로써 벌하시는 것은
이제 당신 뜻에 달렸다는 것을.
허나 당신이 제 불행한 운명에
한 올의 동정심이라도 지니고 계시다면
저를 그냥 내버려두지 못할 거예요.

저도 처음엔 침묵을 지키려 했었어요.
제 말 믿어주세요, 당신은
제 이 수치를 결코
알 수 없었을 거예요,
만약 제가 드물게라도, 일주일에 한 번이라도
우리 시골에서 당신을 보는 희망을 가질 수 있다면,
그저 당신의 음성을 듣고 당신에게
한마디 말하고, 그러고 나서
또다시 당신을 볼 때까지 낮이나 밤이나
그저 하나만을 내내 생각할 수 있다면 말예요.
그러나 당신은 사람을 피하신다더군요.
이 벽지에서, 시골에서 당신에겐 모든 것이 권태롭겠지요.
우리… 우리에게 빛나는 것은 아무것도 없으니까요,
비록 우리가 당신을 보면 소박한 마음으로 기뻐하지만요.

당신은 왜 우리를 방문하셨나요?
잊혀진 마을, 이 벽지에서
저 결코 당신을 알지 못했을 것이고
그렇다면 이 쓰디쓴 고통도 몰랐을 텐데
순진한 마음의 이 설렘이 시간이 흘러
잠잠하게 되면(알 수 없는 일이지만)

진정한 친구를 만나
신실한 아내이며
후덕한 어머니가 되었을 텐데.

다른 사람! 아니요, 이 세상 다른 누구에게도
결코 제 마음 바칠 수 없어요.
저는 당신의 것, 이는 하늘이 정한 일,
이는 하늘의 뜻이에요.
제가 살아온 모든 생애는
당신과의 진정한 만남을 위한 저당물이었어요.
전 신이 당신을 제게 보내셨다는 것을 알아요.
무덤에 갈 때까지 당신은 제 수호자…

당신은 제 꿈속에 나타나시곤 했지요.
보이지 않아도 당신은 이미 제게 사랑스런 존재,
당신의 마력 뿜는 시선은 제 맘을 졸이게 했지요.
제 영혼 속에서 당신 목소리가 울린 지
오래예요. 정말로, 그것은 결코 꿈이 아니었어요!
당신이 들어오는 순간 바로 알았지요.
저는 온통 정신을 차릴 수 없었고 불타올랐어요.
바로 그 사람이다! 속으로 말했지요,

맞지요? 제가 당신의 말을 들은 거 맞지요?
제가 가난한 사람들을 도왔을 때마다
흔들리는 영혼의 고통을
기도로 달랬을 때마다
고요 속에서 저와 얘기했던 사람이 당신 맞지요?
그리고 바로 그 순간에

당신이, 그 사랑스런 환영이
투명한 어둠 속에서 어른거리며
조용히 베개로 몸을 굽혔던 것 맞지요?
당신이 기쁨과 사랑으로 희망의 말을
제게 속삭여 주었던 바로 그 사람이지요?
당신은 누구신가요? 제 수호천사인가요?
아니면 교활한 유혹자인가요?
제 의심을 풀어 주세요.
아마도 이 모든 것이 헛된 것,
경험 없는 마음의 착각인지도 모르지요!
전혀 다른 운명이 절 기다릴지도 모르지요…
그러나 할 수 없어요! 제 운명을
지금부터 당신에게 맡기겠어요.
당신 앞에서 눈물 흘리며

당신이 보호해 주기를 애원합니다…
상상해 보세요, 전 여기 혼자예요.
아무도 절 이해하지 못해요.
제 이성은 힘을 잃어 가고
전 침묵 속에 파멸해야 해요.
전 당신을 기다립니다. 시선을 한번 보내시어
제 심장의 희망을 살아나게 해 주세요,
아니면 마땅한 질책으로써
이 고통스러운 꿈을 중단시켜 주세요!

글을 마칩니다! 다시 읽어 보기가 무서워요…
수치와 공포로 숨이 넘어갈 지경이에요…
그러나 당신의 명예심은 제 담보물,
그것을 믿고 용감하게 저를 맡깁니다…•

오네긴은 벽난로 속에 던져버린 타티아나의 편지를 다시 끄집어냅니다. 그을음이 배긴 했어도 타버리진 않은 타티아나의 편지를 그는 내내 가슴에 품고 다니지요. 세상일에 심드렁하고 냉소에 가득 차 있긴 해도, 오네긴에겐 좋은 것을 알아보

•『예브게니 오네긴』, 알렉산드르 세르게비치 푸시킨, 최선 옮김, 서울대학교출판부, 2009, 143~149쪽.

는 안목이 있습니다. 충실한 교육을 받고 자라나 젊은 시절의 왕성한 호기심을 독서와 여행으로 해소한 귀족 청년에게는 사람의 내면을 꿰뚫어 보는 깊은 눈이 있습니다. 그러나 동시에 그는 오만하고 차가웠지요. 사회에 대한 깊은 불신과 무기력한 자신에 대한 환멸 때문에 그의 인생에 다시없을 아름다운 순간과 다시 맺지 못할 소중한 관계들을 다 망쳐버립니다. 설레는 가슴으로 오네긴을 맞이한 타티아나 앞에서 아주 예의 바르고도 서늘하게 거절의 뜻을 표하고 돌아섭니다.

"당신 가슴속에 있는 나는 당신이 만들어낸 사람이오. 솔직히 말하면 내 가슴속엔 어떤 애절함도 없소. 자, 이제 손님들에게 가봅시다."

그날 오네긴이 무슨 짓을 했는지 아시나요? 오네긴의 유일한 벗이던 렌스키는 오네긴의 그날 밤 행동을 용서할 수 없어 결투를 신청하기에 이릅니다. 렌스키가 사랑하는 여인이자 타티아나의 유일한 자매인 올가가 그날 밤 내내 오네긴의 팔에 안겨 있었습니다. 타티아나의 명명일을 축하하기 위해 열린 파티에서 오네긴은 자신을 사랑하는 두 사람, 렌스키와 타티아나의 마음을 동시에 짓밟으며 춤을 춘 것입니다. 아무것도 모르는 채 춤에 몰두한 올가의 웃음소리가 렌스키와 타티아나의 가슴을 후벼 팝니다.

#

　푸시킨의 『예브게니 오네긴』을 오페라로 만든 작곡가 차이
코프스키는 오네긴의 친구 렌스키를 위해 아름다운 아리아를 썼
습니다. 오페라를 보면 누구든 렌스키를 사랑하지 않을 수 없을
겁니다. 바리톤이라면 결투를 앞둔 렌스키의 아리아를 누구보
다 멋지게 부르고 싶은 야심을 품을 테고, 무대미술가라면 렌스
키와 오네긴의 결투 장면에 모든 것을 걸고 싶어질 겁니다. 앤서
니 밍겔라 감독은 영화 〈리플리〉에서 이 장면을 담아놓지요. 오
페라 극장에 간 리플리는 렌스키가 죽는 장면을 홀린 듯이 바라
보며 눈물을 짓습니다. 자신의 거짓말을 숨기기 위해서 친구를
죽인 리플리에게 이 장면은 충격적으로 다가왔겠지요. 오네긴의
총에 맞아 쓰러진 렌스키의 피가 무대에 점점 번져나가던 그 환
상적인 무대효과가 지금도 눈에 선하네요(오페라 무대미술가인 아
내의 도움으로 이 장면을 촬영한 앤서니 밍겔라 감독은 이 작품을 통해
오페라의 매력을 알게 되어 이후 오페라 연출에 도전하기도 했습니다).

　너무도 아름답지만 그 아름다움이 너무도 부질없음에 기
반하고 있다는 사실이 보는 이에게 복잡한 심경을 갖게 합니
다. 목숨을 걸고 명예를 지키고자 하는 러시아인의 뜨거운 정
의감에 감동해 눈가가 촉촉해지다가도 저토록 아름답고 고결
한 젊음을 저렇게 내던지고 말다니, 불쑥 치밀어 오르는 화에
욕설을 퍼붓고 싶어지는 이상한 이중 감정에 휩싸이게 되는

것입니다.

저는 그날 밤의 오만방자했던 행동을 오네긴이 내내 후회했기를 바랍니다. 자신의 죽음을 예감하고 두려움에 떨고 있는 렌스키에게 용서해달라고 세 번 애원하지 않은 오네긴이 증오스럽습니다(영화에서 그는 딱 두 번만 말합니다). 그러나 그가 살아 있는 동안 그 애통한 후회를 내내 떨치지 못할 것을 생각하면 가여워지는 것도 사실입니다. 타티아나와의 사랑을, 그녀와 함께라면 가능했을지 모를 행복을, 눈앞에서 저버린 자신에게 스스로 부과한 형벌이 그토록 가혹했다는 것이 안타깝습니다.

#

밤새 쓴 편지를 보내지는 않았지만, 당신은 내 마음을 모르지 않았지요. 당신 때문에 괴로워하는 나를 당신은 홍역 앓는 아홉 살 누이동생을 안타까이 굽어보는 열여덟 오라비의 마음으로 들여다보았습니다. 당신은 오네긴처럼 신사답고 또 사뭇 다정한 목소리로 말하였죠.

"네가 부족해서도 아니고, 싫어서도 아니야. 내가 너에게 맞는 사람이 아니기 때문이야."

아아, 나를 향한 당신의 사랑은 나와 비교할 수 없이 대양처럼 넓은 것이로구나, 하고 나는 짐짓 감격스럽게도 생각하였습니다만, 지금 와 돌아보면, 나는 그저 당신이 정해놓은 규격 밖의 여자여서 고려의 대상이 되지 못했던 것뿐이었습니다. 그러나 실없는 마음 앓이로 수척해진 나를 당신이 걱정한 것은 진심이었다고 믿고 있습니다. 나를 예의 바르게 거절함으로써 당신의 어깨가 조금은 으쓱해졌다는 것도 알고 있습니다. 나는 당신의 그런 모습조차 사랑스럽습니다.

#

렌스키를 숨지게 한 비극적인 결투 이후, 오네긴은 수년간 멀리 떠났다가 페테르부르크의 사교 무대에 나타납니다. 그곳에서 붉은 드레스를 입은 아름다운 공작부인에게 시선을 빼앗기죠. 젊은 날을 그토록 황량하고 덧없이 흘려버리고 돌아와서 이제 와 붉은 드레스의 매혹적인 여인에게 위안을 찾는 거냐고, 그게 될 법한 얘기냐고 쏘아붙여주고 싶었습니다. 하지만 붉은 드레스의 그녀를 바라보는 그의 눈빛에 오만함이 걷히고 슬픔이 드리워져 있는 걸 보았습니다. 그래서 관객의 마음은 다시 오네긴을 향합니다. 왜냐면 이제 더 이상 그의 마음대로 되는 일이 없을 것을 우리가 알기 때문입니다. 그는 이제 자신을 스스로 벌할 수도 없을 겁니다.

그는 여전히 귀족이고, 여전히 많은 것을 가지고 있습니다. 한때 그가 품었던 이상은 그의 인생을 조금도 바꾸어놓지 못했습니다. 사랑이 기회를 주려 했지만 스스로 거부했습니다. 그는 용기가 없었으니까요. 그가 한때 자취를 감추었던 사회에 다시 등장해 새로운 파문을 일으키고자 한다고 해도 그런 야심은 펼쳐질 기회도 없을 것이며 받아들여지지도 않을 것입니다. 아무도 그의 용기를 믿지 않을 것입니다. 그는 더 이상 젊지가 않으니까요. 칼날 같은 젊음이 아니고서는 그 무엇도 베어낼 수 없다는 것을 이제 우리는 아는 나이가 되었습니다. 그도 그것을 몰라서 타티아나에게 애원하는 편지를 쓴 것이 아니겠지요. 자신이 뿌린 오만의 씨앗을 거두어들일 때가 되었기 때문입니다. 그가 젊은 시절, 어린 처녀에게 준 상처를 어떤 식으로든 되돌려받지 않는다면, 이 이야기는 마무리되지도, 계속되지도 못할 것이기 때문입니다. 죽음을 알기에 살아지는 것이 삶이듯이, 냉소와 환멸이 따스한 애정의 겉표지이고, 거절을 예감할 때에 간청할 용기도 일어난다는 걸 알아챈 단계, 우리가 어느새 여기까지 와 있군요.

오네긴이 타티아나에게 보내는 편지

모든 것을 예견하오. 슬픈 비밀의 고백이
당신에게 모욕이 될 거요.
당신의 자존심 넘치는 시선이, 오,
얼마나 쓰디쓴 경멸을 나타낼 것인지!

도대체 나 무엇을 바라고
무슨 목적으로 내 영혼을 당신에게
열어 보이는 거요? 어떤 심술궂은 쾌감에,
아마도, 빌미를 주는가 말이오!

언젠가 우연히 당신을 만나서
사랑의 불꽃을 간직한 것을 보고서
나 감히 믿으려 하지 않았소.
사랑스런 습관이 오도록 하지 않았소.
내 썩어빠진 알량한 자유를 도대체
잃을 마음이 없었소, 체!
우리를 헤어지게 한 또 다른 이유도 있었소…
렌스키가 불행한 희생물로서 쓰러진 것이오…
그 시절 심장에 소중한 모든 것에서 나는
내 심장을 떼어놓았었소.
모든 사람들에게 타인이 된 나는
누구와도 연결되지 않은 채 생각했었소,
자유와 평온이 행복을 대신한다고. 맙소사! 이
얼마나 잘못 생각했는지, 어쩌나 벌을 받는지…

잘못 생각했었소, 매순간 당신을

보는 것, 어디서나 당신을 뒤쫓고
입술의 미소, 눈의 움직임을
사랑에 빠진 눈으로 포착하는 것,
당신에게 오래 귀 기울이고
영혼으로 당신의 완벽함을 이해하는 것,
당신 앞에서 고통스러워 꼼짝 못하고,
창백해지고 여위어 가는 것… 이것이 행복이오!

그런데 내게 그 행복이 없소.
어디나 당신을 막무가내 따라다녀도
하루가 귀중하고 한 시간이 귀중한데
운명이 정해준 날들이 얼마 안 남았는데
헛된 우울 속에서 허우적거리오.
남은 날들도 이미 부담스럽소.
내 삶이 얼마 안 남았다는 걸 아오.
허나 내 생명을 그나마 더 끌기 위해서는
아침마다 확신을 가져야 하오,
낮에 당신을 만날 수 있다는…

난 두렵소. 내 공손한 애원 속에서
당신의 엄격한 시선이 비열하고

교활한 의도를 볼까봐서.
당신의 성난 질책이 들리오
사랑의 갈망으로 괴로워하는 것,
불타면서도 이성으로 매 시각마다
핏속의 흥분을 진정시켜야 하는 것,
당신의 무릎을 껴안고 흐느끼다
가슴속 이야기, 고백이고 질책이고
내가 표현할 수 있는 모든 것을 다
당신의 발아래 쏟아놓길 원하면서도
냉정을 가장하여 말과 시선을 무장하고
평온한 대화를 이끌면서 당신을
유쾌한 표정으로 바라봐야 하는 것, 아,
이것이 얼마나 끔찍스러운 일인지
당신이 알 수만 있다면…

허나 할 수 없소. 나는 더는
자신과 싸울 힘이 없소. 모든 것은
결정되었소. 나는 당신의 뜻에 달렸소,
이제 운명에 나를 맡기오.•

• 『예브게니 오네긴』, 알렉산드르 세르게비치 푸시킨, 최선 옮김, 서울대학교출판부, 2009, 387~391쪽.

타티아나는 오네긴에게 편지를 썼고, 오네긴은 그 편지를 받습니다. 훗날 오네긴이 타티아나에게 편지를 썼고, 타티아나가 편지를 받습니다. 하지만 그들 중 누구도 원하는 답장을 받지 못했습니다. 기다리는 답장은 오지 않습니다. 그럴 때에 할 수 있는 것은 다시 편지를 쓰는 일뿐이라는 생각이 듭니다. 편지를 쓰지 않아도 될 때까지 편지를 쓰는 겁니다. 편지를 썼으면, 쓴 것으로 되었습니다. 사랑했으면, 사랑한 것으로 되었습니다. 사랑의 고통에 몸부림치는 감정을 고백하는 편지란 것이 그렇더군요. 밤새 편지를 쓰고 나서 아침에 읽어보면 압니다. 보내지 않아도 상관없다는 것을. 모든 것이 내 마음 안에서 일어난 전쟁이더군요. 오네긴은 타티아나의 답장을 기다리다 지쳐 그녀를 만나러 갑니다. 타티아나는 대답을 들려줍니다. 오네긴에게 받은 실연 수업은 결코 헛되지 않았습니다.

"당신을 사랑합니다. 왜 숨기나요? 하지만 나는 결혼한 몸. 남편에게 충실할 것입니다."

타티아나는 세상의 질서를 배웠고, 그 속에 놓인 자신의 처지를 이해했고, 그녀 앞에 펼쳐진 길을 내다보았습니다. 자신의 인생에 대한 전체적인 조망이 있는 이 여인은 첫사랑의 귀환에도 흔들림이 없습니다. 하지만 사랑과 그리움을 간직하고 있기에 여전히 따뜻하지요. 상처받아보았기에 타인의 감정을 배려할 줄 압니다. 자신이 누리는 부와 명예가 타인의 희생과 고통에 기반한 것을 알고 있기에 과시하는 법도 없습니다. 그녀에게는 그 옛날의 오네긴이 갖고 있던 환멸과 냉소가 없습니다. 하지만 우울만은 고스란히 물려받았지요.

나는 그 우울함에 대해서도 조금은 압니다. 우울이라는 감정의 공간이 타티아나의 쉼터일 겁니다. 나는 그곳에서 오래 허우적거리는 것은 반대하지만 가끔은 그곳에 몸을 담그는 것이 도움이 됩니다. 거절은 따뜻하게, 애정은 서늘하게, 좋은 대상과는 거리를 두고, 불편한 존재도 배척하지 않는 마음의 여유를 품게 되니까요. 내 마음속에 살아 있는 타티아나는 푸시킨의 타티아나가 아닌지도 모릅니다. 영국이 만든 영화 〈오네긴〉 속 타티아나도 아니고 차이코프스키의 오페라 속 타티아나도 아닙니다. 나의 타티아나는 그녀를 그린 여러 가지 그림자들 틈에서 새롭게 태어나고 있는 중입니다. 당신 안의 오네긴과 그의 친구 렌스키에게도 안부를 전하고 싶습니다. 그럼, 안녕히.

2017년 5월 24일
거절은 따뜻하게, 애정은 서늘하게

**F에게,
함께 있다는 건
멋진 일이겠지요**

#
그을린 사랑

드니 빌뇌브, 2011

잔느와 시몽에게

유년기는 목구멍 속의 칼과 같아서 쉽게 뽑을 수가 없단다.

잔느, 네게 봉투를 하나 주마. 너희 아버지에게 보내는 편지
란다. 그를 찾아서 이 편지를 전하거라.

시몽, 네게 봉투를 하나 주마. 너희 형에게 보내는 편지란다.
그를 찾아서 이 편지를 전하거라.

그들에게 편지가 모두 전달되면 너희에게도 편지를 줄게.

침묵이 깨지고 약속이 지켜지면 비석을 세우고 내 이름을 새
겨도 된다. 햇빛 아래에.

영화의 시작부터 주인공 나왈은 죽었습니다. 하지만 죽은 그녀의 존재감은 살아 있는 누구보다 강렬하지요. 나왈의 혈육인 쌍둥이 남매 잔느와 시몽은 나왈의 직장 상사였던 공증인으로부터 어머니의 유언을 전해 듣고, 편지도 받습니다. "유년기는 목구멍 속의 칼과 같아서 쉽게 뽑을 수가 없단다." 이 대목에서 저는 벌써 목이 따끔합니다. 깊은 밤 당신이 통곡하던 소리가 바로 그 목구멍 속의 칼 때문이었군요.

잔느와 시몽은 캐나다에 살고 있습니다. 캐나다에서 프랑스어를 사용하며 살아온 잔느와 시몽 남매는 지금껏 자신들의 뿌리가 어디에 있는지에 대해서 그다지 궁금해하지 않았을 거예요. 깊은 뿌리를 갖지 못한 사람은 정작 뿌리 뽑힌 삶이라는 게 무엇인지 알지 못하니까요. 잔느와 시몽은 자신들을 여기에 내려놓은 삶이라는 열차가 그들에게 청구할 여비가 얼마나 되는지 짐작도 못한 채 어른이 되었습니다. 목구멍에 칼날이 걸린 채 꾸역꾸역 삶을 삼켜야 했던 어머니에 대해서 제대로 이해할 기회를 갖지 못한 채 어머니의 죽음을 맞았죠. 그녀 품에 푹 안기지도 못하고 확 떨어지지도 못한 채 엉거주춤 눈치를 살피며 살아온 남매는 어머니와의 갑작스러운 이별과 어머니가 남긴 유언과 편지 앞에서 어리둥절하기만 합니다. 하지만 어머니가 정해준 이 여행을 마치지 않은 채로는 어머니가 없는 삶을 시작할 수 없다는 걸 남매는 압니다. 잔느는 아버지를 찾아야 하고, 시몽은 형을 찾아야 하지요. 이 숙제를 마친 뒤에야 자신들의 삶을 어디에든 뿌리내릴 수 있을 겁니다.

어머니는 자신이 남긴 두 통의 편지를 전하기 전에는 시신을 나체인 채로 묻으라고 했습니다. 세상을 등질 수 있도록 땅을 향해 엎어놓아달라고, 관에 넣지도 말고, 비석을 세우지도 말라고 했습니다. 이 해괴한 유언 앞에서 시몽은 화를 냅니다. 마지막이라도 좀 정상적일 순 없냐고 하면서요. 시몽만 그런 것은 아니에요. 자신을 낳아주고 길러준 어머니가 한없이 낯선 타인처럼 느껴질 때가 있지요. 그럴 때 자식이 느끼는 외로움만큼 무한한 것은 이 우주뿐일 겁니다.

그래요. 어느 정도는 이해합니다. 어머니도 마찬가지라는 걸요. 어머니에게 자식은 자신에게 고통을 안겨준 어떤 이의 자식이기도 하니까요. 아이 아버지의 미운 모습들을 기막히게 빼다 박은 자식들이 늘 사랑스럽기만 할 리가 없을 테지요. 그토록 많은 것을 착취해놓고도 끝없이 요구하기만 하는 자식들의 탐욕 앞에서 부모들은 출구가 없는 무한대의 미로 속에 서 있는 기분일 겁니다. 나왈은 자식들을 어르고 달래주는 어머니가 아니었어요. 다정하게 자장가를 불러주지도 않았고 사랑을 속삭이지도 않았습니다. 그런 어머니가 죽으면서 남긴 말이 아버지와 형제를 찾기 전엔 자신의 장례를 치를 생각도 말라는 협박이라니, 참 기가 막힐 노릇입니다. 아버지는 전쟁 중에 돌아가신 줄로 알고 있고, 형의 존재는 들어본 적도 없는 남매는 어머니의 유언을 전하는 공증인 앞에서 얼음처럼 굳어져 눈도 한번 제대로 깜빡이지 못했습니다.

#

네, 우리는 알고 있습니다. 어머니가 나를 품은 걸 안 순간부터 어머니의 머릿속에는 나의 죽음에 대한 생각이 들어 있었을 거라는 걸. 아버지 역시 자식이 생긴 걸 안 순간부터 그의 부재를 상상한다는 걸. 이 아이만 없다면 할 수 있는 일들은 얼마나 많을 것이며, 이 아이로 인해 소비될 에너지와 재화에 대한 교환 가치를 따져보노라면 기가 막힐 법도 하겠지요. 그렇게 많은 것이 절로 쏟아부어졌기에 어쩌는 수 없이 "그 무엇과도 바꿀 수 없"도록 소중해지는 것이 자식인지도 모릅니다. 자녀 유기, 자녀 살해의 욕망. 아들이 부친 살해의 욕망을 품고 있다는 오이디푸스 콤플렉스보다 어쩌면 이것이 우리에겐 더 가깝고 납득 가능한 욕망인 것 같은데요.

자신에게서 태어날 괴물에 대한 두려움과 불안을 갖지 않는 인간이, 자신을 닮은 또 하나의 생명체를 삭제하고픈 충동을 갖지 않는 인간이 있을까요. 당신도 아버지의 사랑에 굶주린 당신의 불운을 자식들에게는 물려주지 않을 거라 자신해서 자식을 낳은 것은 아닐 겁니다. 다 없던 일로 치고 멀리 도망가버리고 싶었을 겁니다.

아이의 잠든 모습을 내려다보면서 낳지 않았으면 좋았을 거라고 후회하는 말을 내뱉은 부모들은 해맑은 자식의 얼굴을 볼 때마다 일어나는 죄책감으로 눈시울이 무거워집니다. 허락받지도 이해받지도 못할 욕망이기에 그 욕망은 부모 된 자의 가슴속에 지독한 잔해를 남겨놓습니다. 잔느와 시몽을 낳지 않았다면, 나왈의 삶은 조금쯤 가벼워졌겠지요. 아무것도 모르는 남매의 맑고 깨끗한 얼굴을 볼 때마다, 그들을 배 속에 품은 순간부터 그들의 죽음을 소망했던 나왈의 가슴은 시커멓게 타들어갔겠지요.

#

잔느가 먼저, 아버지를 찾는 여행을 시작했습니다.

영화는 나왈 일가의 모국이 어디라고 콕 집어 말하지 않습니다. 종교 갈등으로 내전이 끊이지 않는 중동의 어느 나라, 아주 외딴 시골 마을에서 나왈의 이야기는 시작됩니다. 나왈이 나고 자란 그 마을 사람들은 모두 크리스천이었습니다. 거기서 태어난 나왈은 한 젊은 난민과 사랑에 빠지는데 그는 무슬림입니다. 나왈은 그와 달아나려다 오빠들에게 들키고 맙니다. 오빠들은 남자를 죽이고 여동생에게도 총을 겨눴지요. 가문을 더럽혔으니 죽여도 된다면서요. 그때 할머니가 나타나 오빠들을 쫓

아버리지 않았다면 나왈은 꼼짝없이 죽었을 겁니다.

할머니는 나왈을 도와주는 대가로 조건을 걸었습니다. 배 속의 아이를 낳고 나면 이 마을을 떠나 도시로 가서 학교에 다니라고 했습니다. 읽고 쓰고 생각하는 법을 배워서 이 불행으로부터 벗어나라고요. 아, 할머니는 알고 계셨어요. 인간은 운명으로부터 달아나기 위해서도, 주어진 운명을 충실히 살기 위해서도, 읽고 쓰고 생각하는 능력부터 갖추지 않으면 안 된다는 걸요. 할머니는 나왈이 아들을 낳자마자 갓난아이의 뒤꿈치에 세 개의 점을 문신으로 새기고, 자지러지게 우는 아이를 나왈에게 데려가 말했어요. 어머니의 얼굴을 잘 봐두라고요. 나왈은 아이를 보며 말해요.

"약속하마. 꼭 너를 찾을 거야. 어떤 일이 있어도 너를 사랑할거야."

아이는 곧바로 강보에 싸여 어디론가로 보내졌어요.

잔느가 어머니 나왈의 고향을 찾아갔을 때, 마을 여자들은 굳게 입을 다문 채 나왈에 대해 말하기를 꺼렸어요. 아버지를 찾는다면서 어머니가 어떤 여자인 줄도 모르다니, 부끄러운 줄 알라면서요. 잔느의 어머니 나왈은 그 마을의 여자들로선 납득할 수 없는 일들을 겪었지요. 기독교도로서 무슬림의 아이를 낳았을 뿐 아니라, 그 아이를 버리고 도시로 가더니 기독교 지도자를 살해하고 감옥까지 갔지요. 갖은 고문을 당하면서도 끝내 굴복하지 않았대요. 그녀는 노래를 부르면서 두려움과 고통을 이겨냈어요. 그래서 '노래하는 여인'이라 불렸어요. 어떤 고문에도 꺾이지 않는 강인한 그녀를 상대하기 위해 고문 기술자 아부 타렉이 나타났어요. 아부 타렉에게 강간당해 임신하여 출산까지 한 뒤에야 나왈은 그 끔찍한 감옥에서 풀려났지요.

어머니가 그런 일을 겪었던 감옥까지 찾아간 잔느의 용기가 참 대단해요. 저라면 차마 거길 가볼 엄두를 못 냈을 거예요. 엄마가 걸어온 길을 여기까지 되짚은 잔느는 탈진해서 쌍둥이 동생 시몽에게 호소했어요. 자신을 데리러 와달라고요.

#

이제 시몽의 여행이 시작돼요. 잔느를 찾아서 데려오기만 하겠다며 떠난 길이지만, 어머니의 공증인은 그가 형을 찾을 수 있도록 만반의 준비를 다 해두었어요. 노래하는 여인 나왈의 아들이 형 니하드를 찾는다는 소문이 남부에 떨어지자 중동의 모래밭을 달구던 뜨거운 태양도 두려움에 움츠러드는 것 같았어요.

나왈의 몸에서 태어나자마자 강보에 싸인 채 남부의 어느 고아원에 맡겨진 니하드. 그가 있던 고아원이 습격을 받아 파괴된 후 어느 무장 단체가 그를 사격수로 훈련시켰대요. 그는 목표물에 정확한 타격을 가하는 뛰어난 사수로 훈련되었어요.

어머니를 그리워하던 고아 소년 니하드는 그렇게 살인광, 전쟁광이 되고 말았어요.

그러다 어느 날, 니하드는 나왈이 갇혀 있던 감옥으로 가게 돼요. 여기서 시몽이 물어요.

"그러니까 형은, 어머니를 고문했던 그 사람, 아부 타렉과 함께 근무했던 거로군요?"

잔느와 시몽 남매가 어머니의 옥중 출산을 도와주었던 간호사를 만나러 가요. 그녀는 나왈을 간호했을 뿐 아니라 강물에 버려지려던 갓난아이를 빼돌려 보살펴주었대요. 그녀에게 물어보면 잃어버린 형제를 찾을 수 있다고 생각했죠. 평생 간호사로 일한 그녀가 침상에 누워 간호를 받고 있어요. 의식이 있을 때보다 없을 때가 더 많지만 그녀는 뿌리를 찾아온 쌍둥이 남매, 잔느와 시몽을 알아봤지요. 노래하는 여인이 낳은 쌍둥이 남매, 강물에 버려지려던 걸 차마 두고 볼 수 없어 남몰래 거두어 보살폈던 아이들, 사르난과 자난이었어요.

기독교 지도자를 죽이고 15년을 감옥에서 고생한 나왈을 위해서 이슬람 쪽 조직은 새로운 삶을 보상으로 안겨주었어요. 나왈이 감옥에서 낳은 아이들이 살아 있다는 소식을 전해주며 나왈에게 그 아이들을 데리고 캐나다로 가라고 했죠. 살 집과 직장도 알선해주었어요. 나왈은 아이들이 살아 있고 함께 새 삶을 시작할 수 있게 해주겠다는 제안을 반가워하기는커녕 부당한 요구라며 불평했어요. 당연해요. 그 아이들은 증오와 저주 속에서 태어났으니까요. 그렇게 태어난 아이들과 함께 새로운 땅에서의 새로운 삶이라는 게 과연 가능한 일일까요? 그런데 나왈은 그걸 해냈어요. 정말 용감한 어머니죠.

#

이제 잔느와 시몽은 어머니가 감옥에서 강간당해 낳은 아이들이 바로 자신들이라는 걸 알았어요. 그리고 잔느가 찾아헤매던 아버지와, 시몽이 찾아야 하는 형이 각각의 사람이 아닌 한 사람인 것도 알았어요. 어떤 어머니가 자식들에게 이 기막힌 가계도를 설명할 수가 있을까요? 자신이 걸어온 길 위를 직접 걸어보게 하는 수밖에 다른 수는 없을 거예요. 나왈이 잃어버린 아들이자 시몽과 잔느의 아버지이며 형제인 그 남자는 새로운 이름으로 캐나다에 살고 있다고 했어요. 나왈이 딸 잔느와 함께 수영장에 갔던 날, 나왈은 거기서 그를 보았지요. 세 개의 검은 점이 찍힌 발뒤꿈치를 발견한 거예요. 언젠가 이 점으로 아들을 알아보라고 할머니가 새겨준 그 문신이지요.

나왈은 천천히 그에게로 다가갔어요. 그의 얼굴을 보는 나왈의 얼굴이 안에서부터 화르르 타들어가는 것이 느껴졌어요. 그 얼굴은 나왈이 가장 증오했고, 생에서 다시는 마주치고 싶지 않았던 얼굴이었어요. 아부 타렉이었어요. 수영장에서 막 나온 그녀의 피부가 물기 하나 없이 새카맣게 말라버렸어요. 그러곤 정신을 잃었어요.

#

그런데 나왈은 왜 살인을 해야만 했던 걸까요? 그 일만 하지 않았으면 감옥에 가지 않았을 테고, 그러면 잔느와 시몽이 이토록 고통스러운 진실을 마주할 필요도 없었을 텐데요. 그녀에겐 어떤 운명이 기다리고 있었던 것일까요?

무슬림 연인을 오라버니의 총탄에 잃은 나왈은 할머니와 한 약속대로 아이를 낳자마자 그 마을을 떠나 도시로 가서 학교에 다녔습니다. 대학에서 프랑스어를 배우며 평화 운동을 펼치던 나왈은 내전이 악화되어 학교가 폐쇄되고 도시가 혼란스럽던 틈을 타서 남쪽으로 갑니다. 남부의 기독교인 마을이 공격을 당했다는 소식을 들은 나왈은 그곳 고아원에 있을 아들 걱정에 가만히 있을 수가 없었지요. 나왈은 폐허가 된 고아원을 거쳐 데레사로 가는 버스에 올랐습니다.

아이 아버지가 데레사의 난민이었죠. 그곳으로 가는 길에 나왈이 탄 버스가 기독교 무장 강도들에게 습격을 받는 일이 있었어요. 총질로 벌집이 된 버스에 강도들이 기름을 붓고 있을 때 나왈은 본능적으로 버스를 탈출할 방도를 떠올렸어요.

강도들에게 십자가를 내보이며 자신은 크리스천이라고 외쳤지요. 그러자 강도들은 그녀의 손을 잡아 버스에서 빼내주었습니다. 나왈은 곧장 버스로 돌아가 겁에 질려 있는 무슬림 여인 품에서 어린 여자아이를 끌어안고 나옵니다. 자기 딸이라고 하면서요. 하지만 아무것도 모르는 아이는 나왈의 품을 벗어나 엄마를 부르며 버스 쪽으로 달려갑니다. 결국 아이는 강도가 쏜 총탄에 쓰러지고 말지요. 버스는 이내 불길에 휩싸이고요. 그때 그녀의 영혼에도 불이 질러진 겁니다. 그렇게 해서 평화를 외쳤던 여학생 나왈, 아들을 찾으러 나선 어머니 나왈은 무슬림 테러 요원의 길로 간 거죠.

"내가 겪은 것을 적들에게 가르쳐주겠어요."

이 한마디로 나왈은 조직에서 막중한 임무를 부여받습니다. 기독교 민병대 지도자의 집에 가정 교사로 위장 취업해 상부의 지시에 따라 행동했고, 살해 현장에서 즉시 체포되어 감옥에 갇힙니다. 공동체가 금지한 사랑을 하고, 공동체의 지도자를 살해한 여인은 고향에서 지워진 이름, 가문과 공동체의 명예를 더럽힌 이름이 되기 충분했지요. 그녀로선, 남편의 죽음과 아이를 잃은 것에 대해 복수를 한 셈은 되었지만, 이 복수가 자신에게 어떻게 돌아올지는 생각하지 못했어요. 그런 걸 생각할 여유가 있다면, 결코 그 길을 가지 않겠죠.

#

자, 끔찍한 복수가 끝없이 되풀이되는 지옥 같은 세계로부터 최대한 멀리 떠나온 곳, 캐나다에서 나왈은 기적처럼 아들을 찾았습니다. 하지만 말할 수 없었습니다. 어떻게 말할 수 있을까요. 진실이 밝혀지고 약속이 지켜지려면, 또 다른 여행이 필요했습니다. 나왈은 더 멀리 떠나야 했고, 아이들은 어머니가 있었던 곳으로 돌아가야 했습니다. 그 여행을 위해서, 나왈은 편지들을 준비했던 것입니다. 사라져야만 태어나는 진실이 있지요. 앞으로 나아가기 위해서 한참을 돌아가야 할 때가 있습니다. 노래하기 위해 심장 깊이 가시를 품어야 하는 나이팅게일처럼, 생의 아름다움을 드러내기 위해서 십자가를 져야 하는 운명이 있습니다.

나왈은 하나만 생각했을 거예요. 아들이 태어났을 때 했던 약속요. 반드시 너를 찾을 거라고, 어떤 일이 있어도 너를 사랑할 거라고 했던 약속 말이죠. 그 약속만 생각했을 거예요. 어떤 일이 있어도 사랑할 거라는 약속을 하지 않았다면, 그 엄청난 일들은 일어나지 않았을지도 몰라요. '어떤 일이 있어도'라는 말처럼 뜻 없는 말은 없는 것 같아요. 우리의 상상력은 자신이 경험한 세계를 넘지 못하니까요. 그렇기 때문에 우리는 자기도 모르게, 겁도 없이 함부로, 미래를 예언하게 되곤 하지요.

어느 부모나 한 번쯤은 아이의 무구한 눈동자를 들여다보며, 매끄러운 살결에 키스하며 굳게 다짐했겠죠. 무슨 일이 있어도 지켜주겠다고, 네 행복을 위해 모든 걸 다 바치겠다고. 그 굳은 사랑의 맹세가 자기 눈을 찌르는 가시가 되고 만다는 걸 알고 하는 말이 아니잖아요. 사랑하지 않았다면 받지 않을 상처를 받는 것, 찌른 자가 없는 칼에 찔려 피를 흘리는 운명이 그들의 것이지요. 자기가 정한 운명에 자기가 걸려 넘어지는 인간의 운명이지요.

나왈은 자신과 자식들의 운명이 종교와 민족과 이념 등등의 이유로 갈라져 싸우는 증오의 역사를 끝내는 희망이어야 한다고 말합니다. 그 고리를 끊어내야 한다고요. 그래요. 그렇게 의미 붙일 수 있겠죠.

하지만 이건 그렇게 단순한 이야기만은 아닌 것 같아요. 그토록 혐오한 자가 바로 자기 자신임을 알아낸 오이디푸스의 비극처럼 나왈의 비극에도 우리가 영원히 낫지 못할 아픔의 원형이 들어 있어요. 나왈은 그토록 그리워했던 아들이 자신을 고문하고 강간했던 아부 타렉으로 돌아온 걸 목격해요. 자라는 동안 어머니의 냉랭함에 상처받았던 쌍둥이 남매는 어떤가요. 어머니가 가장 증오했고 어머니에게 가장 큰 고통을 안겨준 자가 자신의 아버지이자 형제라는 걸 알게 됐어요. 그토록 차가웠던 어머니가 실은 누구보다 뜨거운 여인이었던 것도 알았지요.

부모와 자식과 형제들이 서로를 사랑하는 만큼 미워하고, 기대하는 만큼 절망하고, 그리워하는 만큼 고통스러워하는 이 순환의 고리를 인간들이 끝낼 수는 없을 것 같아요. 난 저렇게 살지 않겠다고 다짐했던 부모의 모습을 어느새 자신이 되풀이하고 있다는 것을 깨닫지 않는 자식은 드물 거예요. 부모들도 가장 싫어했던 자기 모습이 자식에게서 재생되는 것을 보지 않을 도리가 없어요. 우리는 서로의 거울이니까요. 그 거울을 보고 경악하지 않을 길은 우리가 서로를 비추는 것을 포기하는 길밖에 없을 것 같아요.

#

쌍둥이 남매는 용감하게 그 거울 앞에 섰어요. 이 숙제를 해냈으니 남매는 어떤 일이 있어도 잘 살아갈 거예요. 어머니가 자신들의 아버지이자 형제인 남자에게 남긴 편지를 전하기 위해서 남매는 그를 찾아갔지요. 그는 무척 가까운 곳에 있었어요. 그가 받은 편지는 두 통이에요. 아이들의 아버지로서, 또 아이들의 형제로서 그는 두 통의 편지를 한 손에 받았어요.

아이들 아버지에게

편지를 쓰려니 떨리네요. 난 당신을 알았어요. 당신은 못 알아봤죠. 놀라운 기적이에요. 나는 당신의 72번 죄수예요. 우리 자식들이 편지를 전할 거예요. 당신은 못 알아보겠죠. 예쁜 아이들이니까. 하지만 그들은 당신을 알죠. 당신은 살아 있다는 걸 그들을 통해 말하고 싶어요. 당신은 틀림없이 할 말을 잃겠죠. 진실 앞에선 모두가 침묵하니까.

서명: 72번 창녀로부터

이건 고문가가 아니라 내 아들에게 하는 말이야.

어떤 일이 있어도 널 항상 사랑할 거야. 네가 태어났을 때 해준 약속이란다. 어떤 일이 있어도 널 항상 사랑할 거야. 평생 동안 찾아다녔단다. 그리고 찾아냈지. 너는 나를 알아보지 못했지만 네 오른쪽 뒤꿈치엔 문신이 있지. 나는 그것을 보고 너를 알아보았단다. 잘생긴 아이더구나. 너를 내 사랑으로 감싸줄게. 기운을 내거라. 함께 있다는 건 멋진 일이니까. 너는 사랑으로 태어났어.

그러므로 네 동생들도 사랑으로 태어난 거지. 함께 있다는 건 멋진 일이란다.

너의 어머니 나왈 마르완 72번 죄수로부터

이 편지가 전해지고 나서 남매도 어머니가 남긴 편지를 받을 수 있게 되었어요. 침묵이 깨어지고 약속이 지켜지면 받을 수 있을 거라던 편지에는 이렇게 적혀 있어요.

사랑하는 아이들아.

이야기의 시작은 어디일까? 너희가 태어날 때일까? 그러면 그 시작은 공포란다. 너희 아버지가 태어날 때? 그러면 그 시작은 위대한 사랑이란다. 덕분에 마침내 약속을 지켜냈구나. 흐름은 끊어진 거야. 너희를 달랠 시간을 드디어 갖게 됐어. 자장가를 부르며 위로해줄 시간을. 함께 있다는 건 멋진 일이란다. 너희를 사랑한다.

너희들의 엄마 나왈로부터

#

　나왈이 겪은 일은 그리스 신화 속 오이디푸스가 자신의 눈을 찌른 이래 가장 끔찍한 고통일 거예요. 하지만 나왈은 자신이 온몸으로 통과한 괴물 같은 시간을 이렇게 정리해냈어요. 서로를 부정하던, 공격과 복수를 끊임없이 반복하던 비극의 고리를 끊고, 서로의 존재를 인정하고 함께 살아가는 삶의 주춧돌을 놓았지요. 이 영웅적인 행동은 그녀가 과거에 의미도 모른 채 했던 약속이 씨앗이 되어주었기에 가능했던 일이었어요. 갓난아기를 품에서 떼어내 보내면서 '꼭 다시 찾겠다고, 어떤 일이 있어도 사랑할 것'이라고 했던 약속이 그것이었을까요? 그보다는 무슨 일이 있어도 읽고 쓰고 생각하는 법을 배워야 한다던 할머니의 다짐에 대한 손녀 나왈의 약속이었다고 생각해요. 나왈이 할머니와 한 약속대로 읽고 쓰고 생각하는 법을 배우지 않았다면, 이 고약한 운명의 쓰나미에서 아무것도 건져내지 못했을 거예요. 읽고 쓰고 생각할 줄 아는 모든 사람이 다 이렇게 영웅적인 자기 성찰과 극복을 해내는 것은 아니지요. 하지만 읽고 쓰며 생각을 벼려온 사람이 아니라면 해낼 수 없는 일인 것만은 분명합니다.

자신이 고문한 죄수이자 어머니의 편지를, 존재도 몰랐던 자식들로부터 받은 남자 아부 타렉의 삶이 어떻게 변할 것인가를 상상하는 건 제게는 좀 어려운 일이에요. 언젠가 도착할 것을 알지만, 읽어내기가 두려워지는 편지가 저에게도 있지요. 저는 아직 그 편지의 봉인을 뜯을 준비가 안 되었어요. 진실의 입을 열지 않아서 제 삶이 더 나아갈 수 없다고 해도 저는 그냥 여기 서 있는 편을 택할지도 몰라요. 지금의 저는 다만, 함께 있다는 건 멋진 일이라는 나왈의 말에 가만히 밑줄을 그어볼 뿐입니다. 분노의 절규와 그리움의 노래가, 위대한 정신과 어처구니없는 무지가, 희망의 빛과 절망의 암흑이, 사랑과 원망이 함께 있다는 것은 그녀의 말처럼, 정말 멋진 일일까요? 죽으면서 시작되는 그녀의 이야기처럼 우리도 우리의 죽음에 이 삶의 희망을 걸어볼 수 있을까요?

그래요, 그 모든 것이 함께 있다는 말은 그 자체로 멋진 것입니다. 당신에 대한 그리움 속에 미움이 있다는 것이, 그 미움 속에 내 삶을 나아가게 하는 힘이 있다는 것이, 그 힘 속에서 이 운명을 반복하지 않고자 하는 내 의지가 싹텄다는 것이, 그 의지 속에 그 의지를 무력하게 할 다른 의지가 자라고 있다는 것이, 그렇게 모든 것이 함께 있고 비켜 있고 엇갈려 있고 포개어져 있다는 것이, 그 세계를 어렴풋하게나마 보았다는 것이 제게는 멋진 일인 것 같습니다. 그 혼돈의 질서를 알려주는 편지를 읽어주는 영화가 있고, 그 영화를 보면서 나와 당신의 이야기를 머릿속에서나마 영화적으로 재구성해볼 수 있다는 것이, 그 과정을 통해 또 이런 편지를 쓸 수 있다는 것이 더없이 고통스럽고도 또한 멋진 일인 것 같습니다. 그럼, 미움 속의 그리움이여, 안녕히.

P.S. 유년기는 목구멍 속의 칼과 같아서 쉽게 뽑을 수가 없습니다. 당신도 그랬군요. 제가 그렇듯이요.

2017년 7월 24일
아버지에게

part 3

나를

잊지 말아요

N에게,
맨손을 내밀어
너와 내가 서로를 움켜쥐고

#
아가씨
박찬욱, 2016

한없이 사랑스럽다가도 문득문득 침을 뱉고 손가락질을 하고 욕을 하고 싶어지는 너. 그런 감정에 휘말렸다가 이내 정신을 차리고 나면 내가 너에게 잠시나마 그런 감정을 가졌다는 것이 미안해져서 더 다정하게 굴거나 아니면 짐짓 아닌 척 딴청을 부리기도 했지. 내가 애써 감춰둔 치졸함을 가끔 너에게서 볼 때 나는 얼굴을 붉히며 버럭 화를 내기도 했는데 어쩌면 그렇게 천진한 얼굴로 아무렇지도 않게 부끄러운 줄 모르고 무심하게 자기 감정을 드러내던지. 그런데 나는 왜 그렇게 화를 냈던 걸까. 그저 어이없다는 듯한 헛웃음 정도면 충분할 걸, 달리 설명할 길이 없다. 그저 너이기 때문에, 나는 그렇게 속이 상하고, 언짢고, 화가 났다고밖에는.

처음으로 너에게 편지를 쓴다. 아, 아니구나. 우리가 처음 서로를 알게 된 건 편지를 통해서였구나. 누군가에 의해 연결된 관계. 우리를 연결해준 누군가는 점차 흐려졌고, 너와 나는 한 시절의 강을 함께 건넜다. 이제 그 이야기를 해볼까. 영화 〈아가씨〉를 보던 날, 가장 깊이 숨겨둔 비밀을 들킨 양 당혹스러웠던 건 아마도 너를 떠올렸기 때문일 거야.

    \#

어쩌면 그처럼 말간 얼굴에 세상을 다 담아낼 듯 깊은 눈동자를 갖고 있는지, 물새처럼 차갑고 호수처럼 잔잔하고 거울처럼 투명한 그녀는 살아 움직이는 거울이며, 겹겹의 영혼을 지닌 앵무새며, 냉철한 유혹자야. 그녀가 사는 곳은 바다가 내려다보이는 아찔한 해변 도로를 달리고 구불구불한 산길을 지나 인적 없는 외딴곳에 자리한 대저택. 대문을 통과하고 나서도 한 30여 분 더 광활한 정원을 통과해야 건물이 나오는, 그 어마어마한 대저택에서도 긴 통로를 지나고 계단을 올라가 어둡고 좁은 복도를 걸어서 하녀가 지키는 벽장 건너편 방 깊숙이 자리한 침대에서 그녀는 잠들어 있지.

이 대저택의 주인인 코우즈키는 친일 조선인으로, 진정한 일본 귀족이 되고 싶다는 욕망에 찌든 노인인데, 도색 서적 수집과 관리가 취미이자 직업이야. 그가 애착을 갖고 사들이는 책이 도색 서적이라는 점만 빼면 너나 나나 아무 망설임 없이 동경하는 마음을 품었을 법한 인물이지. 희귀한 아름다움에 대한 그의 부질없는 소유욕도 충분히 이해가 되고 말이야. 이 엽색가는 어린 조카 히데코를 저택 깊숙이 숨겨놓고 날마다 낭독을 가르쳐.

아무것도 모르는 어린 시절부터 낯 뜨겁고 엽기적인 스토리를 소리 내 읽으며 자라난 히데코. 귀여운 여자아이의 낭랑한 목소리와 책에 담긴 끈적한 묘사들은 좀처럼 어울리지 않았지. 내용과 형식이 겉돌던 시절을 지나 그녀가 책의 내용을 알 만한 나이가 되면서부터는 달라졌어. 낭독 연습을 마친 히데코는 방으로 돌아오자마자 토하는 버릇이 생겼고, 죽음에 대해 골똘히 생각하게 되었지.

힘이 없을 때는 하는 수 없이 적응할 수밖에 없지만 나를 먹이고 입히고 길러주는 그 세계의 권력이 우리를 결코 오래 붙잡아둘 수 없다는 걸 우린 알게 되지. 머리가 굵어지면 먼저, 인간은 자신을 기른 세계를 혐오하기 시작하는 법이고. 히데코처럼 말이야. 전부 더럽고 하찮고 같잖아.

우리는 박차고 뛰쳐나올 수가 있었지만 히데코는 그리 쉽게 벗어날 수 없었어. 담 밖의 다른 세계에 대해서는 아무것도 알지 못하니까. 더구나 히데코에겐 코우즈키가 그녀의 머릿속에 박아놓은 지하실의 악몽이 있어. 달아나려 했다가는 지하실로 끌려가서 끔찍하게 죽게 될 거야. 히데코의 이모가 그렇게 죽었지.

하지만 그건 히데코와 코우즈키 두 사람만 아는 세계고, 담장 밖의 누군가는 그렇게 생각하지 않지. 아무리 멀리 떼어두고, 겹겹이 창살을 쳐서 깊이 가둬놓아도 세상은 무도회에 데뷔할 때가 된 젊고 아름다운 여자를 그렇게 살도록 놓아두지 않으니까. 깊이 숨겨져 있어 찾아내기 어렵고, 너무나 큰 위험을 동반하기에 도전이 망설여지는 히데코 같은 대상이 누군가에게는 더없는 매혹으로 다가오는 법이지. 매일 밤 자기 전에 다시 생각날 만큼 말이야. 그런 히데코에게 담장 밖 세상에서 하녀 하나가 새로 오게 돼. 숙희라고 하는.

백작의 첫 번째 편지
숙희한테 기회 될 때마다 패물이나 좋은 옷을 슬쩍슬쩍 보여주세요. 어미로부터 물려받은 물욕이 그 아이를 더 어리석게 할 테니까요.

추신. 아가씨가 이모부를 위해 어떤 일을 하고 있는지는 굳이 말하지 않았습니다.
그 애가 아가씨께 불필요한 동정심을 품어봐야 좋을 게 없으

니까요. 그리고 또 하나, 숙희가 편지를 넘겨보더라도 걱정
마세요.
갠 까막눈이랍니다.

전에 모신 미나미 부인이 써준 소개장이라며 숙희가 히데
코에게 건넨 편지의 내용이야. 세로쓰기한 이 편지의 필치는
미나미 부인이 썼을 법하지가 않던데, 어쨌든 히데코와 숙희는
그렇게 서로가 뻔히 아는 거짓말로 관계를 시작하게 되었어.
히데코는 머리가 아프다며 숙희에게 편지를 대신 읽어달라고
해. 글을 배우지 못한 숙희는 편지를 거꾸로 든 채 바들바들 떨
었지. 히데코는 글은 배우면 되고 도둑질을 해도 좋지만, 거짓
말을 하지 말라는 당부로 새로 온 하녀, 숙희와의 공식적인 첫
대면을 마무리해. 이런, 어떡하지. 숙희의 심장이 벌써 쫄깃해
버렸어. 글을 읽을 줄 아는 척하면서부터, 첫 대면에서부터 이
미 거짓말을 들켜버린걸.
  게다가 숙희가 여기에 하녀로 온 것부터가 히데코를 속이
기 위한 건데, 거짓말은 한참 전부터 이미 시작되었어. 하녀 타
마코의 존재 자체가 가짜인걸. 아, 나는 여기서 심장이 찌릿해
져. 세상에 나올 때부터 난 절반은 가짜였어. 내 앞에 있는 사람
을 속이려 했지. 능력 있는 척, 열정에 넘치는 척, 안 가진 걸 가
진 척, 없는 걸 있는 척. 하지만 내 앞의 그 사람은 내가 자신에

게 어떻게 보이려 애쓰는지, 머릿속에 감춘 생각이 뭔지 이미 알고 있지. 보잘것없는 내 본래의 모습과 그 속에 도사린 속된 욕망을 훤히 들여다보면서, 피식 웃음을 흘리며 나를 받아들이 곤 했지. 그가 딱 필요로 하는 만큼의 나, 이용할 수 있는 만큼의 나를 받아들인 거지. 숙희의 아가씨 히데코가 하녀 타마코를 받아들이듯 말이야.

#

하긴, 나도 그랬어. 너도 잘 모르는 네 마음속 밑그림이 내 눈에는 얼핏설핏 보여서, 마치 글을 읽을 줄 아는 척 애를 쓰는 숙희를 보는 히데코처럼 피식피식 웃음이 나왔어. 너의 말이 너의 진심과 데칼코마니처럼 정확히 반대일 때, 내 눈에 그게 다 보인다는 걸 말해주고 싶은 걸 참는 게 힘이 들기도 했어. 그럴 때면, 나를 그렇게 보았을 사람들의 얼굴이 자기 전마다 떠올라서 좀처럼 잠들지 못하고 한숨 쉬며 오래 뒤척여야 했지.

숙희의 손에 편지를 들려 히데코에게 보낸 후지와라 백작은 코우즈키 저택으로부터 히테코를 구하기를 자처하고 나선, 히데코의 기사야. 그는 제주도 머슴과 무당 사이에서 태어났는데, 자신의 신분을 지우기 위해 갖은 애를 썼지. 코우즈키와 마찬가지로 힘 센 자들과 어울려 그들의 일원의 되고자 노력했던 이 남자의 이름은 알 수 없어. '후지와라 백작'이라는 가명이나

'젠틀먼'이라는 별칭도 결국은 그의 본명이 아니니까. 그는 제주도에서 영국인들을 사귀어 영국 신사의 매너를 배웠고, 일본에서 온갖 고생을 하며 귀족 언어와 고급 예술을 익혔어. 한탕제대로 도둑질하기 위해 배운 거라기에는 너무 고상하고 흉내내기 어려운 재주인데 참 대단하지. 그래서 오히려 속여먹기좋은지도 몰라. 가짜에겐 가짜로 승부해야 하는 법이니까.

그가 영국인들을 사귈 수 있었던 건 "품위 있는 한 끼 식사에 한 달 봉급을 털어넣는", 보여주기 위해 부린 호기 덕분이었고, 코우즈키에게 접근할 수 있었던 건 "나고야의 진짜 일본 귀족"이 가졌을 법한 감식안과 미술적 재주를 훈련한 덕분이었지. 아, 나는 여기서 이 이름 모를 가짜 백작에게 좀 반했어. 낭비 없는 움직임으로 부드럽고 고요하게 자신이 원하는 방식으로 상대가 자신을 받아들이도록 이끄는 화술, 일부러 강조하지않아도 상대에게 각인되는 취향과 매너, 성실함이나 노력만으로는 가질 수 없는 예술적 감각……. 크게 한번 제대로 훔치기위해선 소매치기의 잔기술이 아니라 이런 걸 훈련해 가져야 한다는 걸, 그는 본능적으로 알고 있었던 거야.

쓰윽 한번 보기만 해도 다른 종으로 구분되는 사람들이 가진 아우라. 그게 있다면, 도둑질이든 권력질이든 엽기적 도락이든 자신이 정말 가지고 싶은 것에 훨씬 쉽게 다가갈 수 있지. 그의 탁월함은, 그 어떤 도둑질 중에서도 여자의 마음을 훔치기가 가장 까다롭다는 걸 알아챈 데서 다시 한번 빛을 발하는데, 이 본능적 지성이 그를 함정에 빠뜨리지. 히데코의 마음을 빼앗아 재산을 가로채려는 계획에서 자신을 도와줄 사람으로 숙희를 택한 것부터가 실수야. 숙희를 희생양 삼으려 한 것이 두 번째 실수고, 이 사기에 히데코를 가담시킨 것이 세 번째 실수지. 무엇보다 가장 큰 실수는 히데코 아가씨에게 하녀 타마코를 보내면서 그녀의 본명이 '숙희'라는 걸 알려준 거야.

　빌려주신 귀걸이 반납합니다. 과연 여자가 운명을 걸어볼 만한 명품이네요. 이걸 귀에 달고, 고개를 요리조리 돌려가면서 거울을 보고 싶어서라도 숙희가 최선을 다하리라 생각됩니다.
　그 아이가 우리를 의심하지 못하게 할 방법을 알려드리겠습니다. 혼인 당일까지 숙희가 잠시도 쉬지 못하게 하세요. 아가씨가 저를 사랑하도록 만드는 일에, 온 힘을 다해 애쓰도록 만드세요.
　다시 말해서, 저하고 쉽게 사랑에 빠지지 마세요.

　히데코를 유혹하기 위해서, 백작은 편지와 함께 선물을 보내곤 했지. 첫 번째 선물은 숙희였고, 두 번째 선물은 사파이어 귀걸이야. 물론 숙희를 속이기 위해 히데코와 백작이 짜놓은 연극이긴 하지만. 숙희는 그걸 히데코 아가씨에게 전해주다가 엉겁결에 그게 진짜 사파이어가 아니라는 걸 털어놓고 말지. 이 보석은 사실 사파이어가 아니라 스피넬인데, 장물아비들도 구분 못 할 만큼 귀한 보석이니까 창피해할 필요가 없다고 숙희는 말해. 얼떨결에 '진짜 같은 가짜'라는 힌트를 던진 셈이지. 히데코는 백작이 가짜라는 걸 이미 알고 있으니, 숙희가 무심결에 던진 힌트가 그닥 쓸모 있었던 던 아니지만, 영민한 히데코 아가씨는 숙희의 마음 깊숙한 곳에서 균열이 일어나고 있다는 걸 눈치챌 수 있었지. 숙희는 이미 히데코의 보석과 옷 따위엔 관심이 없는걸. 오직 아가씨만이 숙희의 관심사인걸. 그걸 스스로도 인정하기 어려워 무척 혼란스러워하고 있는걸. 후미진 뒷골목에서 버려진 아기들을 돌보며 살아온 숙희에겐 힘없고 여린 존재에 대한 보호본능이 있었어. 버려진 아이를 먹이고 씻겨서 아기가 없는 일본의 부잣집에 팔아넘기는 것이 숙희가 살던 세계의 일이었어. 아기를 낳지 못한 마님들이 자신이 낳은 척 속일 수 있게 돕는 일이었지.

그러고 보면 히데코를 구슬려 백작의 손에 넘기는 이번 일도 그 일과 별다를 바 없는 일이었어. 잘 보살펴 남의 손에 넘기고 약속한 대가를 받고 나면 그 뒤의 일은 알 바 아닌 이런 종류의 일은 그녀가 평생을 해왔으니 딱히 어려울 것도 없는데, 그런데 어쩐지 자꾸만 마음이 불편해지는 거야. 머리로는 히데코가 얼른 백작을 따라가서 이 일이 끝났으면 하는데, 마음은 히데코 아가씨와 이대로 함께 있고 싶은 거지. 천지간에 아무도 없는 아가씨가 첩첩산중 음산하고 기이한 저택 깊숙이 갇혀 있다가 웬 사기꾼에게 속아서 정신 병원에 갇히게 된다니 너무 가엽기도 하고. 그런 가련한 아가씨를 교묘하게 놀리고 괴롭히는 사기꾼 놈은 미칠 듯이 미워지고.

#

너도 눈치챘겠지. 히데코는 늘 장갑을 끼고 있어서 누군가와 맨손으로 접촉한 적이 없었는데 그런 그녀가 맨손을 내밀어 숙희의 손을 움켜잡던 그 장면이 이 영화의 결정적 순간이라는 걸. 그건 그녀를 둘러싸고 있던 단단한 세계가 깨어졌다는 신호였어. 그녀의 세계는 코우즈키 저택과 코우즈키의 서재에 있는 책들로 가득 차 있었지. 코우즈키의 물건은 항상 장갑 낀 손으로만 만져야 했고 코우즈키의 책은 한 자 한 자 정성 들여 낭독하고 원본과 흡사하게 필사해야 했지. 이모를 따라 한 자 한 자, 차분히 따라 읽으며 글을 익히고 낭독 훈련을 하고, 장갑 낀 손으로 조심스레 책을 다뤄온 긴 훈련의 결과가 바로 히데코야. 하지만 그게 히데코의 전부는 아니었어.

자신이 속한 세계가 자신의 전부가 아니라는 걸, 바깥세상에서 그녀를 훔치러 들어온 후지와라 백작과 그가 선물로 보낸 숙희라는 아이가 알려주는 거야. 하녀로 들어온 아이에게서 하녀의 충정이 아닌 동무의 우정을 느끼면서 그녀는 비로소 코우즈키의 서재에 꼿꼿이 화병처럼 놓여 있던, 물새처럼 차가운 낭독 인형이 아닌, 피가 돌고 살이 따뜻한 한 사람으로 깨어나기 시작하지. 코우즈키가 읽으란 것만 읽고 베껴 쓰라는 것만 쓰며 살던 히데코는 바깥으로부터 찾아온 낯선 목소리의 새로운 단어들을 마치 밑줄을 긋듯 가슴에 새기고 그것을 자신의 목소리로 재생해나가. 숙희가 처음 오던 날, 잠자리에 들면서 내뱉은 말 '니미럴'이 그 시작이었지.

'니미럴' '천지간에 아무도 없는' 이런 표현은 숙희에게서 배운 것이고, '물새처럼 차가운'은 백작이 코우즈키와 함께 있을 때 하던 대화를 엿듣다 기억해둔 표현이지. 히데코가 타인을 받아들이는 방식이 참 흥미로워. 그들의 낱말을 입력하고 재생하는 과정에서 그녀는 자신의 세계와 그 속의 관계들을 재구성하게 되지. 아, 죽은 이모도 그녀의 몸에 몇 마디 말로 새겨져 있어. 언젠가 이모가 한탄하듯 말한 적이 있었지.

"다들 그러던데, 난 언니만 못하다고."

숙희가 히데코의 어머니 사진을 보며 "매초롬하게 예쁘시네요" 하고 감탄하자 히데코는 갑자기 죽은 이모의 혼이 씌기라도 한 듯이 말했지.

"나는? 나도 매초롬해? 사람들이 그러던데, 난 엄마만 못하다고.”

  설핏 스쳐본 거울에서 엄마의 표정을 발견하고, 나도 모르게 흥분한 내 목소리에서 이모의 억양을 느끼고, 짙어져가는 팔자주름에서 고모를 볼 때, 그럴 때 나는 나라는 존재가 한없는 감옥 같아. 결국 나는 내 주변의 존재들을 조금씩 복제해 결합한 우연한 유기물일 뿐이라는 생각이 드는 거지. 바로 그때, 숙희가 펜을 들어 편지를 쓰기 시작했어. 편지를 거꾸로 들고 벌벌 떨던 우리의 가엾은 숙희가 말이야.

  두루 안녕하신지요? 저 숙희입니다. 계획이 바뀌었음을 알려 드리고저 몇 자 적습니다. 이 집의 히데코 아가씨와 저는 한편을 먹기로 하였습니다. 이에 보영당 식구들의 도움이 필요하야 선금조로 물건 하나를 동봉하오니……(하략)

  숙희는 히데코가 쓴 편지를 옆에 놓고 한 자 한 자 삐뚤빼뚤 베껴 썼어. 그동안 숙희는 틈틈이 글씨 연습을 했지. 히데코는 숙희에게 ‘옥주, 히데코, 엄마, 아빠, 이모’ 이런 단어들을 써주고 따라 쓰게 했어. 숙희가 자신의 이름 ‘숙희’가 아니고 ‘옥주’라는 이름을 연습해야 했던 건 히데코가 숙희의 정체를 안다는 걸 숙희가 아직 모를 때라서 그런 거였는데 참, 이 대목이 안타까워. 글자를 배우기 시작하는 모든 아이들은 보통 자기 이름 쓰기부터 시작하는데 숙희는 히데코 아가씨에게 자기 이름을 써달라고 말도 못 했을 거 아냐. 가짜 이름 옥주, 일본말로는 '타마코'. 숙희도 히데코도 가짜인 줄 알고 부르는 이름이지. 마음속으로는 숙희, 라고 부르면서 겉으로는 입 밖에 내지 못한 그 이름을 꼭 한번 불러주고 싶었을 거야. "숙희야" 하고.

죽은 이모가 매달렸던 벚나무 가지에 밧줄로 목을 매었을 때에야 기회가 왔지.

"아가씨, 죽지 마세요, 잘못했어요."

숙희가 아가씨의 다리를 붙잡고 자신의 거짓말들을 털어놓자 그제야 장갑을 벗듯 히데코도 진실을 드러내지. 이제야 그녀의 이름을 부를 수 있게 됐어.

"숙희야, 너는 내가 걱정돼? 나는 네가 걱정돼."

히데코 아가씨의 목숨을 건 자살 소동으로 둘 사이를 가로막던 허위의 장벽이 장갑을 벗듯 떨어져 나갔고, 이제 둘은 함께 도망칠 계획을 세워. 보영당의 복순 아줌마는 이 편지를 읽고, 선금조로 받은 금팔찌를 깨물어보며 뿌듯해하지. 숙희의 성장에 가슴이 벅찼을 거야. 그런데 보영당의 여주인 복순 아줌마는 숙희를 딸처럼, 후계자처럼 키우면서 그동안 왜 글을 가르치지 않았을까? '문맹 방치'는 보영당이라는 세계가 숙희를 가두기 위해 장치한, 보이지 않는 창살이 아니었을까? 어쨌든 숙희는 히데코 아가씨를 통해서 자신의 이름을 읽고 쓰는 법을 배우게 되었으니 다행한 일이지.

> 존경하는 이모부께
> 나고야의 백작 앞에서 흠 없는 일어를 말한답시고 귀족적인
> 목떨림까지 연구하시는 모습을 지켜볼 때마다 제 맘이 얼마
> 나 짠했는지 모릅니다. 이제 그럴 필요가 없다는 것을 전할
> 수 있게 되어서 기뻐요. 그 사람, 제주도 머슴의 자식이거든
> 요. 참, 제 선물은 잘 받으셨겠죠?
> 제 선물한테 조선말로 좀 전해주시겠어요? 미안하지만 현실
> 세계엔, 억지로 하는 관계에서 쾌락을 느끼는 여자는 없다
> 고. 그리고 세상에 많고 많은 계집애 중에 하필이면 숙희를
> 보내줘서 약간 고맙다고.

아, 히데코의 편지가 왜 안 나오나 했어. 히데코가 생애 처음
으로 쓰는 편지는 이모부를 향한 것이더군. 놀랍게도. 자신의 어
두운 과거를 향해 물새처럼 차가운 편지를 쓸 수 있는 사람은,
자신을 괴롭힌 과거와의 완전한 결별, 완벽한 독립을 성취했다
는 뜻이기도 하지. 괴롭혔다고는 하지만 인간은 괴로움을 통해
성장하기도 하니, 아무 일도 없었던 것보다 괴로움을 당하기라
도 하는 것이 도망의 동력을 제공한다는 점에서 더 낫다고 말한
다면, 역시 꼰대라고 욕먹을까? 네가 그토록 큰 상처를 받은 것

이 결국 너를 등 떠밀었다는 점을 미루어, 아무 일도 없었던 것보다는 상처를 받는 편이 나았다고는 절대로 말할 수가 없는 걸 생각해보면, 결코 상처를 합리화해선 안 되는 것 같아. 그 누구도 그 누구를 강제하고 소유하고 억압하고 괴롭혀선 안 되지.

히데코가 자랑스러워. 나에게도 이렇게 자랑스러운 아가씨가 있으면 좋겠는데 내 아가씨에게 내가 꼭 숙희가 된다는 법은 없겠지. 나는 내 아가씨에게 무엇이 될까. 코우즈키일까, 후지와라일까, 숙희일까, 숙희의 보영당 아줌마이거나 음흉한 사사키 부인일 수도 있고, 죽은 이모나 엄마일 수도 있겠구나. 어쨌거나 아가씨들은 태어나고, 자라서, 세상을 헤쳐가겠구나.

\#

내가 본 〈아가씨〉는 자신의 세계를 깨고 나아가는 사람들의 두려움과 흥분으로 가득찬 모험 이야기야. 일종의 성장담이지. 후지와라 백작의 말로는 꽤 근사했어. 코우즈키와 후지와라, 두 가짜 일본인은 아름다운 환각 속에 잠들었어. 어쩌면 이런 결말을 후지와라 백작은 일찍이 예감했는지도 몰라. 숙희를 히데코 대신 정신 병원에 버리고 난 후 제국호텔 경양식당에서 그는 히데코에게 사랑을 고백했지. 그때 히데코는 말해.

"사랑? 사기꾼이 사랑을 아나?"

참. 이 대사는 숙희가 백작에게 했던 말이지. 속으로 했던 말인데, 어떻게 히데코가 숙희의 마음속 말을 따라 하는 거지? 사랑하는 사람끼리는 마음속의 말을 다 알아듣는 거라고 이 영화는 말하고 싶은 건가?

백작은 이 동네에서 사랑은 불법이라면서 그래도 그렇게 됐다며 짐짓 멋진 척 이렇게 말했지.

"아가씨를 사랑하다 내가 무슨 비참한 꼴을 당한다 해도 불쌍해하지 마세요."

백작은 자신의 말대로 됐어. 하지만 불쌍해하지 말기로 해. 숙희를 생각해서라도. 자신이 갖지 못한 걸 탐하는 게 죄는 아니야. 하지만 자신보다 약한 존재를 착취하고 희생시키고도 아무 죄책감이 없다면 그에게 닥치는 비참한 결말은 결코 자비와 동정의 대상이 될 수 없지.

마지막으로 히데코의 낭독회에 대해 말하고 싶어. 책 속에 묘사된 성애 장면을 히데코가 차갑고도 무표정하게 그러나 달콤한 목소리로 낭독할 적에, 거기 모인 신사들의 얼굴은 붉게 달아오르고 꼭 쥔 손에는 땀이 흥건했지. 하지만 히데코는 어떤 대목에서도 흔들림이 없었어. 무중력 공간 속에 놓인 플라스틱 인형처럼, 꼿꼿하게 앉아서 점잖은 척하는 사내들의 심장을 조였다 풀었다 했지. 하지만 『금병매』에서 아가씨와 하녀의 성애 장면을 묘사한 대목을 읽을 때는 히데코도 얼굴이 붉어지고 이마에 땀이 맺혔어. 가슴팍에서 손수건을 꺼내 땀을 닦기도 했는데 그 후끈한 열기가 관객석까지 그대로 전해지는 듯했지. 그 어떤 남녀상열지사, 운우지정의 묘사도 물새처럼 차가운 히데코의 몸을 달구지 못했는데 말이야.

책을 읽다가 가슴이 뛰고 얼굴이 붉어지면, 바로 거기에 나를 구원할 열쇠가 있다고 생각하면 그리 틀리진 않을 것 같아. 〈아가씨〉를 보고 눈물이 났다면, 거기에 내 감옥의 열쇠가 있기 때문일 거야. 어느덧 중년의 고개를 바라보며 가슴을 뛰게 하는 것이 다 사라졌다고 한탄하고 있을 때, 우리에게 〈아가씨〉가 왔지.

겹겹이 둘러쳐진 감옥 속에서 우리를 구해줄 무언가를 기다리다 시들어가는 건 우리답지 않아. 널 의심하고 날 의심하던 수백 켤레의 장갑은 다 놓아두고, 맨손을 내밀어 서로를 움켜쥐고, 같이 담을 넘어보자고 말하고 싶어. 이 세상이 코우즈키의 저택 같은 감옥이라 해도, 그 감옥 밖에는 후지와라 백작 같은 사기꾼들이 득실댄대도 우리에겐 우리가 있지. 나는 너의 아가씨, 너의 하녀. 너는 나의 아가씨, 나의 하녀. 세상에서 가장 귀하고 동시에 가장 만만한 사람. 우리에겐 그런 사람이 있지.

2017년 10월 17일
먼저 달아나버린 너에게

**M에게,
당신 곁에 있는
그 사람이**

\#
매디슨 카운티의 다리 • 밤의 해변에서 혼자

클린트 이스트우드, 1995
홍상수, 2017

2017년 3월 10일 금요일 아침이었습니다. 스마트폰을 들여다보던 남편이 갑자기 풋 웃음을 터트렸어요. 그날 중요한 판결을 내릴 이정미 전 헌법재판관이 헤어롤을 만 채로 출근하는 모습을 포착한 뉴스 때문이었습니다. 남편은 말했습니다.

"정말 정신이 없었나 보다."

저는 이렇게 말했습니다.

"오늘 역사적인 판결을 하러 나가는데 식구들 누구도 배웅한 사람이 없었단 말이야?"

이런 상상을 하게 되었습니다. 이정미 재판관이 아니라 다른 재판관이 권한대행을 맡았고, 그가 판결 당일 아침에 파자마를 입은 채로 또는 구두를 짝짝이로 신은 채로 출근했다고. 그랬다면 과연 '이정미 권한대행의 헤어롤'처럼 역사적인 날 아침의 기분 좋은 해프닝으로 회자될 수 있었을까요. 역사적인 판결을 하러 나가는 가장을 챙기지 않은 아내를 향한 비난의 말이 들리지는 않았을까요.

이정미 재판관은 헤어롤을 차 안에서 말았다지요. 그러곤 차에서 내릴 때까지 그걸 푸는 걸 잊은 겁니다. 나중에 뉴스에서 들은 얘기로는 헤어롤을 매단 채 출근한 모습이 카메라에 잡힌 걸 알고 창피해했다고 하더군요. 이 글이 실렸던 《기획회의》의 편집자는 그날 온종일 "아무리 바빠도 헤어롤은 빼고 가셔야죠"라는 헤어 용품 광고 문구가 인터넷 팝업창에 뜨는 걸 지우느라 바빴다고 하더군요. 어떤 SNS 이웃은 헤어롤 매단 출근 장면이 담긴 뉴스를 링크하며 "박근혜 대통령의 올림머리보다 훨씬 아름답다"는 덧글을 올렸더군요.

아, 저는 그 덧글 때문에 그날 아침이 내내 불편했습니다. 만약에 내가 그런 모습으로 일터에 출근을 했다면, 이런 말을 들었을 거란 생각이 들어섭니다. "일은 이따위로 해놓고 머리카락 말 정신이 있나?" 사실 이건 제 마음이 하는 말이고, 실제로는 이런 말을 들을 가능성이 높죠. "여자가 칠칠치 못하게……. 쯧쯧쯧." 스타킹에 올이 나가거나 치맛단이 틀어진 걸 모르고 있으면 누군가 다가와 준엄하게 지적하면서 보너스로 던지던 비난입니다. "여자가 칠칠치 못하게……." 네, 저는 칠칠치 못한 여자라는 말을 숱하게 들으면서 살아왔습니다. 그런 말을 듣고 기분 나쁘다는 표정을 짓기는커녕 빙그레 웃을 수 있는 넉살은 덤으로 갖췄습니다. 하지만 2017년 3월 10일 금요일 아침의 그녀는 '칠칠치 못하다'는 말을 듣지는 않더군요. 여자가, 정년 퇴임을 앞둔 재판관쯤 되면, '칠칠치 못한 여자'라는 말은 면하게 되는군요.

"아침부터 김치 썰고, 국 끓이다 나왔을지도 몰라요. 남편과 아이들은 그녀가 오늘 아침 역사적인 판결을 하러 나가건 말건 자기 아침은 차려주고 나가야 한다고 생각했을 테고, 뭘 입고 뭘 신고 나가는지, 옷자락에 김칫국물이 묻고 머리카락에 밥풀이 묻었다 해도 눈길도 안 줬을 거예요."

그날 아침에 함께 자리한 사람들에게 제가 한 말입니다. 제가 고대하던 해외연수로 2주간 집을 비우게 되었을 때 들었던 말도 다시 떠올랐습니다.

"네 신랑 밥은 어쩌고?"

남편의 친구들이 저를 두고 "작가랍시고 밥도 안 해주고 사방팔방 멋대로 돌아다니는 여편네"라고 비난했다는 것도 저는 들어서 알고 있습니다. 그날 이정미 재판관의 아침 풍경에 대한 저의 살벌한 상상에 대해 어떤 분은 깜짝 놀란 눈으로 고개를 끄덕였고, 어떤 분은 이렇게 반문하기도 했습니다.

"그분, 독신 아닌가요?"

그 정도 사회적 위치에 올랐다면, 유부녀로서야 가당키나 했겠냐는 말이었습니다. '독신'이라는 말에 제 가슴이 다시 흠칫 놀랍니다. 그녀가 가족이라는 울타리 없이, 집안에 변변한 남자 하나 없이, 정말 '독신'의 처지라면 이제 정말 큰일 났다 싶은 공포감이 일어난 것입니다. 그녀의 신변에 가해질 위협이 떠오르고 등골이 다 오싹해졌습니다. 여자가 이 땅 위를 걸어 다닐 때에는 언제 어디서 들이닥칠지 모를 느닷없는 공격에 대한 공포를 가슴 한편에 간직한 채라는 걸, 당신은 짐작이나 하겠습니까? 혼자 사는 여자의 집 주변에 어떤 위험이 도사리는지를 헤아려보는 것은, 당신에게는 아마도 소 등짝에 달려드는 쇠파리를 쫓는 일처럼 귀찮고 짜증 나는 일이겠지요. 그런 문제보다 더 시급하고 더 중요한 일이 많다고 말해오지 않았나요? 당신이 뉴스창을 들여다보다가 "걱정 마, 이정미 재판관은 남편도 있고 자식들도 있대"라고 의기양양하게 말한들 뭐가 달라지나요. 제 한숨만 깊어질 뿐입니다. 아내가, 어머니가 역사적인 판결의 주역이거나 말거나 가족으로서는 지금 쏟아지는 세간의 관심이 부담스럽고 불편하기만 할지도 모릅니다.

아아, 그녀는요, 법조인으로 일하는 내내 바늘방석에 앉은 마음이었지 모릅니다. 집에서는 직업을 가진 아내로 엄마로 부족함이 없을까 걱정하고, 직장에서는 가정을 가진 동료로서 부족함이 드러날까 걱정하고, 그 부족함이 일하고자 하는 모든 여성의 자리를 위태롭게 만드는 데 일조할까 봐 걱정했을 겁니다. 그 칼날 같은 순간들을 견디며 끝까지 임기를 마친 그녀가 저는 자랑스럽지만, 모든 여성이 그녀처럼 할 수는 없습니다. "봐라, 이정미 재판관 같은 여성도 있다"라고 말할 당신 목소리가 자동 음성 지원되는 순간입니다.

#

〈매디슨 카운티의 다리〉라는 영화가 있습니다. 미국 오하이오주 시골구석에 처박혀 살던 '여편네'의 판타지를 그린 영화로, 가족들이 집을 비운 틈에 벌인 그 시답잖은 불륜 얘기, 구구절절 설명할 필요 없다고 절레절레 고개를 흔들고 손을 내저으시려나요. 하지만, 식탁에 둘러앉은 가족들의 표정과 말 한마디에 하루의 행복이 달린 주부의 삶을 단 하루라도 살아본 사람이라면, 결코 그렇게 말할 수는 없을 겁니다.

프란체스카. 아침 햇살이 깊숙이 들어오는 환한 주방에서 좋아하는 라디오 채널을 틀어놓고 폭풍성장 중인 10대 남매와 남편을 위해 식사를 준비하고 있습니다. 시골에서 농장을 일구는 가족이라면 먹성부터 남다르겠지요. 프란체스카는 부엌에서 이탈리아 오페라 아리아가 흘러나오는 라디오를 벗 삼아 혼

자 요리를 합니다. 힘껏 가족들을 외쳐 부르면 가족들이 하나
둘 나타납니다. 아들이 들어오면서 문을 쾅 닫습니다. 프란체스
카는 그 소리에 움찔 놀라며 아들에게 문을 세게 닫지 말라고
주의를 줍니다. 그 말이 끝나기도 전에 남편이 들어오면서 문
은 또 한 번 세차게 닫힙니다. 프란체스카는 고개만 절레절레
젓습니다. 아버지가 고치지 않는 습관을 그 아들이 고칠 리가
없으니 10년 잔소리도 도로아미타불입니다. 딸은 주방에 들어
서자마자 라디오 채널을 멋대로 바꾸어버립니다. 4인의 식탁을
차리느라 분주한 프란체스카에게 뭐 도울 일이 없는지 묻거나
살피는 이는 아무도 없었습니다. 그저 자기 자리에 앉아서 먹을
것에만 눈길을 둡니다. 이탈리아에서 태어난 프란체스카는 타
고난 요리사입니다. 그녀가 아무리 정성껏 요리를 해도 값싼 시
판용 소스에 길들어 있는 미국인의 미각을 감동시키긴 어렵습
니다. 그녀도 그걸 잘 알고 있어서 어느 정도 체념은 했지만, 김
이 오르는 아내의 요리를 앞에 두고 맛도 보기 전에 케첩부터
찾는 남편 앞에선 매번 당황하게 됩니다. 달고 짠맛 외에 다른
맛을 느낄 줄 모르는 남편은 이미 각종 성인병을 앓고 있지요.

자, 이제 프란체스카의 곁에서 남편과 아이들이 떠날 차례
입니다. 그녀의 꽉 짜인 일상에 틈이 생겨나야 새 남자 로버트
가 들어오겠지요. 가족들은 딸아이가 키우던 송아지를 트럭에
싣고, 무슨 대회에 간다고 했습니다. 프란체스카는 같이 가지

않습니다. 남편은 아내에게 정말 안 가겠냐고 물으면서 혼자 있으면 시간이 많이 남을 텐데 어떡하냐고 걱정합니다. 그러면서 당신 없이는 잠이 잘 안 오는데 어떻게 잘지 모르겠다고 합니다. 겨우 나흘인걸요. 프란체스카는 남편을 달랩니다.

"그러게 왜 여자를 혼자 둬! 반드시 사고가 난다고!"

당신이 나무라듯 말하는 소리가 들립니다. '여자 혼자'라는 건 여전히 이 사회에서는 온갖 위험과 스캔들의 시작이 되는 말입니다. 네, 제가 여행을 가면 그곳에서 만난 한국인들에게서 가장 많이 들은 질문이 "혼자예요? 정말 혼자?"였습니다. '혼자'가 제 이름도 아닐진대 저는 그렇게 '혼자인 여자'가 되었습니다. 저처럼 사회적 기표가 모호한, 혼자인 여자는 사람들에게 혼란을 줍니다. 제가 어떤 사람인지 가늠해보려고 온갖 질문을 던져봤자 알게 되는 건 그저 '서울 마포구 망원동 사는 기혼의 여자'라는 정도일 뿐입니다. 그러면 상대에게 저는 더는 말을 섞을 이유가 없는, 한없이 투명한 존재가 됩니다.

프란체스카는 혼자서 여행을 떠난 것도 아니고, 멀쩡히 집에 있다가, 아이스티 한잔 마시고 청소를 하려다가, 로버트를 만났습니다. 지프차를 몰고 이 동네에 있는 다리 사진을 찍기 위해 온 그는 길을 잃고 헤매고 있었지요. 낯선 차가 들어오는 일이 드물 정도로 조용한 시골 마을이니, 프란체스카와 로버트의 만남은 그야말로 그 마을 일대의 사건이라고 할 수 있겠지요. 하지만 시내의 한 식당에서 그곳의 날선 공기를 감지한, 섬세하기 짝이 없는 우리의 로버트는 일이 그렇게 되게 만들지 않습니다. 모든 걸 그녀의 입장에서 숙고하고 숙려하지요. 한여름 밤의 꿈처럼 나타나서 사랑을 소낙비처럼 흠뻑 퍼붓고는 말끔하게 흔적조차 없이 사라지고, 가슴속에는 찬란한 무지개를 남긴 로버트는 말 그대로 '환상 속의 그대'입니다. 그러나 그 무지개는 아무도 빼앗아 갈 수 없는 꿈, 언제라도 마음을 먹으면 올라타고 저편의 세상으로 건너갈 수 있다는 희망으로 프란체스카의 현실을 지탱해주는 굳건한 다리였습니다.

#

프란체스카에게 그런 비밀이 있다는 것이 가족들에게 알려지는 건 그녀가 세상을 떠난 후의 일입니다. 아버지 무덤 곁에 매장하지 말고, 화장을 해서 로즈먼 브리지 주변에 뿌려달라는, 어머니의 이상한 유언 때문에 혼란에 빠진 남매. 어머니는 이들 남매에게 유언장 외에도 세 권이나 되는 길고 긴 편지를 남겼습니다.

캐롤린에게.
마이클과 함께 읽고 있기를 바란다. 오빠 혼자서는 감당하기 힘들 거야. 먼저, 무엇보다도 너희를 무척 사랑한단다. 아직

건강하지만 내 외도에 대해 정리를 해둬야 할 것 같다. 은행
금고를 열어본 뒤에 이 편지를 찾았겠지? 이런 편지는 참 쓰
기 힘든 거야. 무덤까지 안고 갈 수도 있지만 인간은 늙어갈
수록 두려움이 사라진단다. 자신을 알리는 일이 가장 중요하
게 여겨져. 이승에 사는 짧은 기간 동안 사랑하는 이들에게
자신을 알리지 못하고 죽는 건 너무 슬픈 일인 것 같구나. 자
식을 사랑하기는 쉽지만 자식이 부모를 이해하고 사랑하는
건 어떨지 모르겠다. 그렇게 키웠다고 화난 건 아닌지. 그의
이름은 로버트 킨케이드란다. 사진작가였는데 1965년에 매
디슨 카운티의 다리를 《내셔널 지오그래픽》에 싣기 위해 왔
단다……

단 나흘간의 비밀 연애가 한 사람의 온 인생일 수 있다는
걸 당신도 아시는지요. 한 사람이 누구인지를 보여주는 건 이
력서에 적힌 본적지, 졸업장과 자격증, 경력 같은 것이 아닐 겁
니다. 그건 그 사람의 열정이 드러난 순간에 있고, 사랑을 간직
한 방식에 있어요. 그것을 사랑하는 사람들에게 보여주지 못한
채로 생을 마감한다는 것은 너무도 안타까운 일입니다. 프란체
스카는 자식들에게 그 이야기를 들려주고 싶었습니다.

하지만 자식이 그 얘기를 받아들일 수 있을 만큼 성장할 때
까지 자신이 기다리지 못한다는 걸 알았습니다. 자식은 부모에

게 유난히 가혹하지요. 자신이 도달한 수준, 그 아래에서 부모의 삶을 판단하려 하니까요. 그래서 프란체스카는 그토록 긴 편지를 남긴 것입니다. 세 권짜리 편지책을 다 읽고 나면 비로소 받아들일 수 있게 되리라고, 그녀는 믿었을 겁니다. 자신을 낳아준 어머니를 이해하는 데에 세 권의 책이 필요하다니, 저는 여기서도 한기를 느낍니다. 피와 살을 나누어준 어머니, 그 육친의 당연한 친밀함이 서로를 얼마나 까마득한 몰이해로 몰아넣을 수 있는지를 일순간에 느꼈기 때문입니다. 무엇으로도 분리될 수 없는 천륜의 인연마저도 시간과 공간의 거리를 두고 언어로 엄밀하게 객관화한 재구성이 필요합니다. 그럴 때만이 우리는 서로의 진실에 가까워지고 비로소 자기 자신을 직시할 수 있는지도 모릅니다.

자식이 부모에게 이해받고자 할 때에도 마찬가지겠죠. 우리는 어차피 서로 다른 세계 속에서 각자의 서사를 구성하며 살아가고 있다는 것. 그걸 인정하는 것이 그토록 뼈아픈 일일지라도 말입니다. 하나의 사건을 두고 우리는 서로 마음이 맞을 때도 있지만, 그렇지 않을 때가 더 많지요. 3월 10일 아침에 키워드 검색어로 떠오른 '분홍색 헤어롤'을 두고 서로 다른 서사를 구성해내는, 그 속에서 촘촘하게 갈라지는 서로 다른 입장들에 귀를 기울이면서, 저는 그 격차에 깜짝깜짝 놀라면서도 희열을 느낍니다. 지금 세상은 '통합'을 얘기하고 있지만 사실, 우리는 더 섬세하게 쪼개져야 할 필요가 있습니다. 그 틈들이 더욱 촘촘하고 **빽빽**해지면 좋겠습니다. 거칠게 둘로 쪼개졌던 것은 억지로 꿰매어 붙이면 그 흔적이 남아 다시 갈라질 기준선을 만들지만, 촘촘하고 **빽빽**하게 들어찬 틈들은 그 자체로 아름다운 무늬를 이루어 서로를 파괴하지 않고 오래도록 온전히 공존할 수 있는 숨통이 되어줄 것입니다.

#

어제는 홍상수 감독의 〈밤의 해변에서 혼자〉를 보았습니다. 겨울 바닷가에 혼자, 오래도록 누워 있던 주인공 그녀는, 어떤 사람이 다가와 일어나라고 깨우자 꿈에서 깨어납니다. 그 꿈속에서 벌어진 일들은 꿈이기에 현실을 드러내고, 허구이기에 진실을 보여줍니다. 꿈속에서 그녀가 사랑했던 남자는 그녀에게 책의 한 장면을 읽어주더군요.

"그녀에게 사랑을 고백하고 고통을 느꼈을 때 비로소 우리는 우리의 사랑을 방해하는 것들이 얼마나 불필요하고 사소하고, 기만적인 것인지 깨달았다."

저는 이 말이 홍상수 감독이 영화 속에 심어둔 자신의 말이라고 생각했습니다. 하지만 영화 속의 감독은 그 말을 여배우에게 줘버리고 나서 잊어버릴 것 같더군요. 잊어버리기 위해 줘버리는 것처럼 보였습니다. 어쩌면 하찮은 듯 내던지는 말에 그의 진실을 담은 건지도 모릅니다. 그 책을 받아서 품은 그녀는 정말 '불필요하고 사소하고 기만적인 것'들로부터 멀어져서 순간순간을 정성스럽게 살아나갈 것 같아 보입니다. 영화 속에서 그녀는 이런 모습도 보여줍니다. 함부르크의 어떤 다리를 건너기 전에 다리 앞에 엎드려 길게 절을 합니다. 누군가 문을 열어주면 꾸벅 허리를 굽혀 인사를 하는 장면도 몇 번인가 있었습니다. 내 삶을 이편에서 저편으로 건네주는 다리에게, 닫힌 문을 열어 맞아주는 손길에게 깊은 예의를 표하는 모습. 거기서 저는 그녀에게서 들을 답을, 그녀에게서 내가 듣고 싶은 답을 다 들었다는 생각을 했습니다.

기자 간담회에서 그녀는 "홍상수 감독의 뮤즈로만 머물 것이냐"는 날선 질문에 이렇게 답했죠. "감독님과 함께하는 지금 이 순간이 너무도 소중하고, 앞으로 다가올 상황들을 겸허히 받아들이겠다"고. 사람이 사람을 만나 서로의 열정에 공명하고, 사랑에 빠지고, 다가오는 상황을 헤쳐 가는 것이 얼핏 보면 함께인 것 같지만, 사실 그들은 각자의 다리를 건너가는 중일 뿐이지 않나요. 그들이 두고 온 이편이 다르듯 그들이 건너간 다리의 저편도 다를 것이니까요.

당신 곁에 있는 그 사람이 당신의 마음을 다 헤아린다고 당신의 이야기 속에 함께하는 조연이라고 생각하지 말았으면 합니다. 오늘이 마지막인 것처럼 편지해보세요. 당신이 진정 자기

자신으로 이해받고 싶은 누군가에게. 그리고 그 절실함으로 당
신 곁에 있는 그 사람의 이야기도 펼쳐 읽어보시길, 그 이야기
책 속에 당신 모습은 어떻게 그려지고 있을지도, 곰곰이 생각
해보시길.

2017년 3월 10일
나의 남자 사람 친구들에게

**E에게,
영화를 보다
네 생각이 났어**

\#
카드보드 복서

네이트 괄트너, 2016

중학교에 다닐 때였는데, 겨울 방학에 놀러 간 외가에서 이모
의 일기장을 봤어. 내가 훔쳐본 첫 일기장의 추억이야.

　당시 이모는 대학에 다니고 있었는데, 그 일기장은 고등학
생 때 쓴 거였을 거야. 일기는 매번 이렇게 시작해. "Betty에게".
이모는 자기 비밀을 털어놓을 유일한 친구로 베티라는 가상의
인물을 만들어서 편지를 썼던 거야. 일기를 이렇게 쓸 수도 있
구나, 무척 놀라웠는데 몇 쪽 못 읽고 덮었어. 이모 일기를 훔쳐
보는 나를 누가 쳐다보는 것만 같았거든. 그땐 누가 날 지켜보
고 있다는 것을 크게 의식했어. 그 시기엔 누구나 다 그런 건지

나만 그랬던 건지는 잘 모르겠지만 어쨌든 누가 내 일거수일투족을 다 지켜보고 있다는 느낌에 사로잡혀 있었어.

방 안에 혼자 앉아 있을 때도 그랬어. 사방을 둘러보면 아무도 없는데, 꼭 누가 날 보고 있는 것만 같은 거야. 하루는 텅 빈 사랑방에 밥상을 들고 들어가서 거기다 숙제할 것을 펴놓고 숙제를 하고 있는데 갑자기 지우개가 없는 거야. 분명히 지우개가 있었고 방금 지우개질을 하고 난 찌꺼기도 있는데 그새 지우개가 어디로 가버린 건지 도무지 납득이 가지 않아서 거의 혼이 나갈 지경이었지. 보이지 않는 유령이 내 옆에서 장난을 치고 있다는 생각이 들어서 버럭 겁도 났어. 생각다 못해 나는 무릎을 꿇고 기도를 했지.

"지우개를 돌려주시면 앞으로 교회 잘 다닐게요."

'이건 정말 터무니없는 제안인데' 하고 스스로 기막혀하면서도 기도를 마치고 실눈을 뜨면서 얼마나 조마조마했는지 몰라. 그런데 정말 거짓말처럼 짜잔, 하고 지우개가 나타난 거야. 이 사건이 내게 미친 영향이 얼마나 컸는지 몰라. 그 후로 나는 나 자신에 대해 '하나님과 약속을 하고 지키지 않는 나쁜 아이'라는 자의식을 갖게 되었지.

\#

내 평생 너에게 편지를 쓸 일이 생길 거라곤 생각 못 했는데, 영화를 보다가 갑자기 네 생각이 났지 뭐야. 〈카드보드 복서〉라는 영화야. 미국의 젊은 감독이 만든 영화인데, 어느 밤에 남편이 혼자 TV로 이 영화를 보다 눈물을 훔치는 걸 보고는 나도 호기심에 영화를 찾아보게 되었어. 영화의 주인공은 LA의 어느 뒷골목에 살고 있는 노숙자 윌리야. 그는 화재 사고가 있었던 집의 쓰레기 더미에서 쓸 만한 무언가를 찾다가 불에 그을린 일기장 한 권을 발견해. 쓰레기를 뒤지던 걸 멈춘 윌리는 일기장에 묻은 먼지를 떨고, 커버를 들여다보다가 그 첫 페이지를 읽어 내려가.

디어 다이어리. 전 2학년이에요. 엄만 하늘나라 가시기 전 크리스마스 때 제게 이 일기장을 주셨어요. 엄만 제게 매일 쓰라 하셨어요. 왜냐면 제 삶의 하루하루가 소중해질 테니까요. 엄마한테 "어째서요?"라고 물으니 엄만 삶 그 자체보다절 더 사랑하시기 때문이라고 말했어요. 누가 당신을 그렇게 많이 사랑하게 되면 당신은 '자동적으로' 특별해지는 거예요. 제가 천국에 가게 되면 엄마한테 제가 살았던 매일매일에 대해 말씀드릴 수 있었으면 해요. 전 어떤 것도 잊고 싶지 않아요. 엄마한테, 제가 못된 짓 한 날이랑 아무것도 하지 않은 날에 대해서도 말씀드릴 거예요. 그래서, 전 오늘 일기를 쓰기 시작했어요. 이제 전 잘래요.

중학교 2학년이 되던 어느 봄날에, 새 교과서 새 노트로 시작하는 그 화창한 날들의 기억 속에 네가 있어. 달력을 뜯어 입힌 깨끗한 교과서와 새로 장만한 공책들. 그 공책의 첫 장에 쓴 내 글씨는 너무도 정갈해서 봐도 봐도 기분이 좋아질 정도였는데, 몇 장 지나지 않아 엉망이 되곤 했지. 영화 속에서 어느 소녀가 천국에 간 엄마를 그리워하며 시작한 일기도 꼭 그랬어. 첫 페이지는 인쇄체 알파벳으로 또박또박 줄에 맞춰 가지런히 썼는데 다음 페이지부터는 필기체로 줄도 맞추지 않고 마구 흘려 썼더군. 아니나 다를까 주인공 노숙자도 두 번째 일기에서 막혀버려. 주변에 있던 다른 노숙자들에게 윌리가 물었어.

"필기체 읽을 줄 아세요?"

그에게 돌아온 건 욕뿐이었지.

그래, 그 봄날에 너도 내게 물었지.

"매일 일기 쓰는 거 어렵지 않아?"

난 말없이 빙그레 웃고 말았던 것 같아. 국어 선생님이 매주 걷어 가던 일기장 때문에 반 아이들 모두가 적잖은 부담을 느낄 때였는데, 무슨 이유로 내가 칭찬을 받는 건지, 그게 궁금했을까? 그때의 내겐 네 질문에 대답할 길이 없었던 건데 넌 내가 미워졌던가 봐. 어느 날 아침에 너는 내 자리로 성큼성큼 다가와서는 내 머리카락을 움켜쥐고 책상째 나를 넘어뜨렸지. 그 벼락같은 기습에 얼떨떨해진 나는 아무 저항도 못한 채 넘어져 있다가 수업 종이 울리는 소리에 엉거주춤 일어나 자리를 수습했어.

넌 아마 기억이 안 날지도 몰라. 그 황당한 순간을 나는 머릿속에서 지워버리려고 무척 애를 썼는데, 지금도 그 순간이 생생하게 떠오르는 걸 보면, 아무렇지 않지가 않았던 모양이야. 30년이 지난 지금 다시 생각해보니 그건 그저 나를 너의 세계로 받아들이고 싶었던 초대장 같은 거였다는 생각이 들어. 우습게도 그때 우리 반 아이들은 재랑 재랑 싸우면 누가 이길까, 같은 문제에 골몰했으니까. 여학생들만 있는 교실에서, 일요일이면 교회에서 기도를 하는 착한 아이들이 물밑으로 그런 패권을 다투다니, 우리 주변의 어떤 어른도 그 살 떨리는 세계를 눈치챈 사람이 없었을 거야.

나의 무반응 무대응으로 싱겁게 끝나버린 그날의 사건 이후, 나는 공식적인 외톨이가 되었어. 내 짝이 가만히 있을 거냐고 물었지만 답하지 않았어. 너의 도전에 응전하지 않았고 이후로도 어떤 행동도 취하지 않았기 때문에 너와 네 주변의 아이들은 너와 나 중 누가 더 센지 결론 내릴 수 없었을 거야. 그랬기 때문에 난 너를 중심으로 돌아가는 그 세계에서 어떤 자리도 얻을 수 없었지. 그건 꽤나 불편한 일이긴 했는데, 나에겐 몰두할 다른 일이 있었으니까 견딜 수가 있었던 것 같아. 하지만 아침마다 학교 가는 길에서 느꼈던 그 소름 돋는 긴장감이 가끔씩 다시 생각이 나곤 했어.

#

영화를 보다가 갑자기 30년 전 그 사건이 생각난 건, 윌리가 동료 노숙자들을 상대로 싸움을 하기 시작하는 장면에서야. 윌리는 그 거리의 최고 '복서'가 되는데, 그에게 싸움을 시킨 JJ라는 못된 녀석이 붙여준 별명이 '카드보드 복서'인 거지. 종이 박스를 잘라 한 푼 적선을 호소하는 글귀를 써넣은 카드를 들고 구걸로 살아가던 남자 윌리가 JJ의 복서가 되어서 폭력을 행사해. JJ는 친구와 함께 밴을 몰고 그 거리에 나타나서 50달러를 주겠다며 노숙자들에게 싸움을 시켜. 윌리도 처음엔 단순히 JJ가 내건 50달러가 필요했던 거였어. 첫 결투가 끝나자 JJ는 약속대로 50달러를 줬고, 상대를 잔인하게 때릴수록 더 많은 돈을 줬지.

JJ에게서 처음 번 돈을 윌리는 숙박업소 카운터에 내밀어. 그 하룻밤 동안 윌리는 개운하게 샤워를 하고 양치질로 입안에 고인 피도 뱉어냈어. 보통 사람들처럼 스낵을 먹으며 TV도 한참 봤는데 딱딱하고 찬 길바닥에서 자던 습관 때문인지 침대에서 잠들지는 못하더라. 그날이 윌리에겐 큰 의미가 있었어. 일기장 읽어줄 사람을 찾지 못한 윌리는 문구점에서 필기체 카드를 사서 일기장 글씨와 일일이 대조를 해가며 두 번째 일기를 읽었고, 일기장 주인인 소녀에게 답장을 썼어. 어디서 연필 하나를 주워다가 벽에 대고 연필심을 간 뒤에 종이 위에 삐뚤빼뚤 답장을 적어 내려갔지. 먼저 자기를 소개하고 자신의 하루를 설명해. 그러곤 추신에 이렇게 적어.

"나도 천둥이 무서워."

일기장에서 소녀가 천둥 치던 날 엄마가 돌아가셨다고 한 얘길 기억한 거야. 천둥이 무섭다고 하는 소녀에게 "나도 그래" 하고 말하고 싶었던 거지. 천둥이 치면 비가 오고, 노숙자에게 비 오는 밤만큼 무서운 건 없을 테니까.

그 편지를 윌리는 자주 가는 옥상에서 종이비행기 접기를 해서 날려 보내. 처음 50달러를 벌던 그날 밤에도 윌리는 소녀의 일기를 읽었어. 소녀는 삼촌 집에 살고 있는데 거긴 아는 사람이 아무도 없어서 외롭다고 했어. 윌리도 마찬가지야. 윌리도 아는 사람이 아무도 없어. 아, 그게 외로운 거구나 생각하는데 그때 JJ가 나타나 싸움을 시키고 돈을 주고 "당신은 나의 친구, 나의 영웅"이라고 말해준 거지. 나도 너에게 일기 쓰는 거 별로 어렵지 않다고, 이 소녀처럼, 윌리처럼 쓰면 된다고, 내가 누군지, 어떻게 하루를 보내는지 얘기하면 되는 거라고, 그렇게 말해주었다면, 우리는 친하게 지낼 수 있었을까.

일기장을 발견한 이후 윌리에게는 말하고 싶은 욕구가 생겨났어. 한 푼 구걸조차 말로 하기 싫어서 카드보드를 들고 다니던 그가 변하기 시작한 거야. 이제는 다른 사람과 대화하고, 관계를 맺을 수 있다는 가능성을 본 거지. 호텔 방에서 푹 쉬고 일어나 다시 거리로 나온 윌리는 휠체어를 타고 힘겹게 오르막을 오르는 한 남자, 핑키를 발견해. 평소 같으면 그냥 지나쳤겠지만 윌리는 용기를 내서 다가가 말을 건네지. 필기체 읽을 줄 아냐고 묻고는 필기체를 읽어주면 휠체어를 밀어주겠다고 해. 핑키는 전당포를 찾는 중이었어. 핑키가 갖고 나온 건 이라크 전쟁에서 부상을 입고 받은 퍼플하트 훈장인데, 윌리의 도움으로 전당포는 찾았지만 그걸 팔지는 못했지. 그날 저녁은 윌리가 쓰레기통에서 찾아낸 치킨으로 때워야 했어. 약속대로 윌리에게 일기를 읽어주던 핑키는 왜 이런 걸 읽게 하냐며 화를 내면서 가버려. 눈물을 들키기 싫었던 거지. 두 다리와 맞바꾼 훈장을 단돈 15달러에 팔기가 싫었던 것처럼.

#

일기 속의 소녀는 너무도 외로워. 학교에 가면 아이들이 쳐다보지도 않는데. 같이 사는 삼촌도 자길 미워한다고 했어. 소녀는 엄마가 하늘에서 내려보낸 천사가 찾아와서 안아주길 기다리고 있다고 했어. 하지만 거기엔 아무도 없다고 했어. 며칠 동안 아무 말도 하지 않아서 자기 목소리를 들을 때마다 깜짝

깜짝 놀란다는 소녀. 엄마가 돌아가시고 나서 처음엔 그냥 슬퍼했는데, 이젠 슬퍼하지 않으면 과거의 좋은 일들을 기억해내기가 힘들어져서 계속 슬퍼하게 되었대. 그렇게 계속 슬픔에 잠겨 있다 보니 삶 자체가 슬퍼져버렸고, 앞으로도 계속 그럴 것 같다는 거야. 이젠 자기가 없어져도 아무도 모를 테니 엄마가 계신 천국으로 가고 싶다는 것이 일기의 마지막이었어.

그 후, 소녀가 살던 집에 불이 났던 것 같아. 지금 소녀는 어디에 있을까. 윌리는 소녀의 안부가 궁금해져. 소녀의 엄마가 천국에서 보낸 천사가 되어서 소녀를 안아주고 싶어져. "여기에 내가 있다"고 말해주고 싶어. 그가 드디어 자기 삶의 의미를 찾아낸 거지. 윌리는 소녀에게 답장을 써. 핑키를 사귄 얘기를 들려주고는 이렇게 말해.

"내가 친구를 사귈 수 있다면 너도 친구를 사귈 수 있어."

추신으로는 이 말을 덧붙여.

"오늘 밤에 또 천둥이 칠 텐데 내가 같이 있을 테니 무서워하지 마."

윌리는 핑키를 위한 카드보드를 만들었어. 'WAR HERO'라고 썼어. 이젠 철자를 틀리지도 않아. 핑키는 처음에 카드보드에 '전쟁 영웅'이라고 쓰는 걸 거부했어. 말로는 망설임 없이 전쟁 영웅을 자처하지만 그걸 글로 쓰는 건 다른 문제인가 봐. 전쟁 때 적군의 인간 방패로 붙들린 한 여자애를 쏘았던 일이 지울 수 없는 악몽이 되어 핑키를 점점 처참한 상황으로 몰고 가는 중이었어. 참전용사로 공훈을 받았지만, 몸도 마음도 회복이 불가능할 지경으로 병들어버린 거지. 그런데 윌리를 만나서 누군가와 함께하는 기쁨을 느끼고 보니 다시 죄책감에 시달리기 시작한 것 같아.

"이봐, 나 좀 그만 좋아해줄래?"

핑키가 거의 울 듯한 눈으로 호소해. 자기는 착한 놈이 아니니까, 우정을 누릴 자격이 없다는 거야. 전쟁 통에 무고한 여자애를 죽인 얘기를 하면서 흐느끼는 핑키에게 윌리는 무표정하게 대꾸해.

"어쩔 수 없었잖아. 여기 돌아오려면. 여기 와서 내 친구가 되어주려면."

LA의 뒷골목을 끊임없이 찾아오는 전도사들이 못 했던 일을 윌리가 한 것 같아. 핑키의 영혼을 구원한 거야. 자신을 특별한 의미로 기억해주는 단 한 사람이라도 있다면, 그는 죽는 것이 두렵지 않을 거야.

윌리는 서점에 가서 『성냥팔이 소녀』 그림책을 사가지고 나와. 평소 상상하던 소녀의 얼굴과 가장 비슷한 그림을 이 책의 표지에서 봤지. 성냥팔이 소녀의 얼굴 그림을 일기장 표지에 붙인 건 일기장과 함께 있는 느낌을 갖고 싶어서였을 거야. 윌리는 일기장과 함께 아버지의 무덤을 찾아가. 윌리는 아버지 없이 자란 게 원망스러웠을 거야. 그런데 소녀가 곁에 있다고 느끼니 윌리는 말도 생각도 달라져. 자기가 자라는 걸 못 보신 아버지를 가엽게 생각해. 소녀는 어머니가 천국에서 자신을 지켜보고 있다고 생각하지. 그래서 윌리도 소녀처럼 생각해봤어. 자기를 아버지가 보고 계신다면 기쁠지 슬플지. 그러더니 윌리는 소녀에게 충고해. 자기는 별로 착하게 살지 않았지만 넌 그러면 안 된다고.

윌리는 생각이 점점 깊어져. 소녀는 일기에 썼었지. 자기가 죽어도 아무도 모를 거라고. 어쩌면 누구나 그 점이 제일 두려울 거야. 내가 죽어도 아무도 모를까 봐. 사람들이 나를 어떻게 기억할지 모른다는 것도 두렵고 말이야. 윌리는 이렇게 써.

"너희 엄마는 괜찮았을 거야. 왜냐면 너희 엄만 여기 왜 오셨는지 아셨을 테니까. 널 갖기 위해서지."

그리고 이런 말도 해.

"넌 좋은 사람이야. 넌 날 더 나은 사람이 되게 해. 난 가진 게 아무것도 없어. 하지만 네가 이 편지들을 받는다면 그럼 어쩜 난 널 도와주러 온 건가 봐. 어쩌면 난 너희 엄마가 널 안아주러 보낸 천사일지도 몰라. 그렇다면 난 만족하겠어."

이렇게 해서 윌리가 천사로 거듭났다는 얘기로 마무리가 된다면 얼마나 좋을까. 하지만 그에겐 JJ라는 친구가 있지. 아니 JJ를 친구라 생각한 과거가 있었지. JJ 때문에 사람을 죽도록 때린 적이 있지. 하지만 JJ는 친구가 아니었어. 너무도 외로웠던 윌리는 '친구'라는 말에 속아 넘어간 것뿐이지만 그 결과는 용서받을 수 없는 것이었지. 그걸 깨달은 윌리는 일기장 소녀에게 마지막 편지를 써.

"우린 더 이상 얘기하면 안 될 것 같아. 난 착한 사람이 아니야. 난 사람들을 다치게 해. 우연히 그러는 것도 아니야. 난 돈 때문에 그렇게 해. 천국에서 너랑 너희 엄마 못 볼 거 같다. 난 지옥에 가야 할 것 같아. 그래서 두려워. 그러니 더 이상 너랑 얘기할 수 없을 거야. 하지만 내 친구가 돼줘서 고맙다고 말하고 싶어. 너와 핑키는 내가 가진 유일한 친구들이었어. 난 이렇게 살다가 곧 떠날 거 같아. 내 삶에서 이런 끔찍한 슬픈 일들을 더 이상 겪고 싶지 않아. 하지만 작별 인사는 하고 싶어."

JJ가 구경꾼들을 몰고 그 거리에 다시 나타나던 날, 윌리는 싸우지 않겠다고 했어. 그런데 JJ가 일기장을 불태우겠다며 협박을 해. 윌리는 절규하지만 JJ는 일기장을 불이 타오르는 통 속에 집어넣어버려. 그 일기장을 구하려다 윌리의 몸에 불이 붙어. 장면이 바뀌고, 윌리가 병원 침대 위에서 눈을 떠. 간호사가 퇴근하면서 윌리에게 말해. 모니터를 켜두었으니 필요한 게 있으면 말만 하면 된다고. 윌리는 병상에 누워서도 일기장 생각뿐이야. 일기장은 불에 타버렸지만 윌리는 일기장에 적힌 내용을 한 글자도 빼놓지 않고 기억해. 하도 읽어서 소녀가 일기에 쓴 편지는 월리의 몸에 고스란히 새겨져버렸어. 월리가 일기를 외는 소리가 병원 스피커를 통해 울려 퍼져. 그때 붕대를 칭칭 감은 어떤 아이가 복도를 지나다 그 소리를 들어. 아이는 월리가 누워 있는 병실 문 앞까지 와서 월리를 지켜보다가 돌아가.

거리로 돌아온 월리가 붕대를 풀기 위해 병원에 가는 길이었어. 횡단보도 앞에서 신호를 기다리며 서 있는데, 한 젊은 아가씨가 다가와서 월리에게 말해. 아저씨가 천국에 갈 방법이 딱 하나 있다며 궁금하지 않냐고 물어. 월리는 단호하게 대답하지.

"난 지옥에 가고 싶어."

어쩔 줄 몰라 하던 그녀가 뒤따라온 남자 친구에게 이끌려 사라지자 찻길 건너편에서 그를 뚫어지게 바라보며 다가오는 한 소녀가 보여. 월리는 얼어붙은 듯 가만히 서 있어. 지금껏 월리를 그토록 오래 쳐다봐준 사람이 없었잖아.

소녀가 가까이 다가오니 월리의 눈동자가 마구 흔들려. 얼굴과 목에 화상 흉터가 가득한 소녀는 바로 그 일기장의 주인이었던 거야. 직감적으로 서로를 알아본 거지. 소녀와 월리는 망설임 없이 한마디 인사도 없이 뜨겁게 포옹해. 엄마가 천국에서 천사를 보내 안아주겠다는 약속이 그렇게 지켜진 거야. 약속이 지켜지는 건, 어쩌면 약속한 사람의 몫이 아닌지도 몰

라. 그 약속을 소중히 여기고, 이루어지길 바라는 사람들의 희
망으로 지켜지는 걸 거야. 천사를 보내주겠다는 엄마의 약속을
월리가 지킨 것처럼 말이야.

#

너에게 나는 참 답답한 아이였을 거야. 말을 걸어도, 싸움을
걸어도, 교회에 가자며 우리 집 문을 두드려도 난 너의 친구가
되지 못했어. 그렇지만 네가 지금까지 내 마음속에 남아 있었
던 것이 바로 오늘 이 편지를 쓰게 하기 위해서였다고 하면, 그
건 너무 시시한 의미가 될까.

네가 그토록 중요하게 여겼던 것, 죽어서 어디로 가게 될
까를 걱정하는 것보다 우리가 이 세상에 온 이유를 찾는 것이
더 바쁜 일이라고 나는 생각해. 나에게 다가오고 싶었지만 그
방법이 서툴렀던 너였고, 왕따가 되고 외톨이가 될지언정 너
를 받아들이지 않으려고 고집스레 마음의 문을 닫았던 나였
지만 우리는 30년 세월 동안 서로를 친구라고 생각해왔다는
걸 믿어.

그 스산한 뒷골목의 월리가 누군가의 일기장을 들여다보
고, 거울 속의 자신을 바라보며 더 나은 사람이 되고 싶다는
소망을 일으켜냈듯이 너는 언제나 내 부족함을 돌아보게 하
는 거울이 되어주었어. 타인의 진짜 속마음을 읽을 줄 아는

안목과 여유가 내게 얼마나 부족한지, 내가 나 자신에게 너그러운 것과는 정반대로 타인에게는 얼마나 야박한가를 자각하게 해주었지.

#

월리는 일기장 속 소녀를 향해서 수없이 많은 답장을 썼지만 그 편지들은 그 거리 어딘가에 버려지듯 떠돌 뿐이었어. 하지만 또 누군가, 그 편지를 읽고 공감을 하고, 또 답장을 쓰지 않을까? 30년 만에 네 질문에 답을 하자면 일기는 자신에게 쓰는 편지야. 그게 무슨 소용이냐고 묻는다면, 이렇게 답할래. 나에게, 또 누군가에게 편지를 쓰는 일은 좀 더 나은 사람이고 싶은 마음을 일으키기 때문이라고. 네가 하나님께 매일 올리는 기도도 실은 예수 그리스도의 이름으로 너 자신에게 하는 말이지 않니. 그러고 보니 기도를 잘하는 네가 일기 쓰는 일 따위를 어려워했다는 게 믿기질 않는구나.

월리는 소녀가 일기에 쓴 편지를 읽으면서, 또 그 편지에 답장을 하면서 자신을 재발견하고 많은 걸 배워가지. 늘 구걸만 했지만, 그런 자신에게도 누군가를 도울 수 있는 힘이 있다는 걸 알게 된 게 가장 큰 변화일 거야. 자기한테 좋은 점이 있다는 걸 아는 사람만이 타인에게 말을 걸 수 있고 도움을 주고받을 수 있고, 상대가 모르는 좋은 점을 일깨워줄 수도 있지. 가장 밑바닥 인생에도 이 세상에 온 이유가 있다는 걸 알아낸 그는 카드보드 복서가 아니라 거리의 철학자였어. 슬픔에 젖고 외로움에 떨며 죽음을 생각했던 한 소녀에게는 엄마가 천국에서 보낸 천사였지.

언젠가 우연히 SNS에서 훔쳐본 너도 꼭 그만한 소녀들을 품에 안은 천사더구나. 네가 네 사랑하는 사람들의 천사라는 걸 내가 믿는다. 우리가 처음 만났을 때는 네 날개가 너무 뜨거웠어. 이제는 나도 뜨거움이 그리운 나이. 너를 생각하며 뜨겁게 이 세상을 다시 한번 사랑해볼게, 친구야.

2017년 4월 27일

내 거울 같은 친구에게

**H에게,
넌 어느 날
훌쩍 내게 왔지**

\#
맨체스터 바이 더 씨

케네스 로너건, 2017

너에게 어떻게 지내느냐고 안부를 묻는 순간이 늘 어색했다.
잘 지내지 못하는 줄 아는데 구태여 묻는 것도 이상하고, 그렇
다고 "힘들지?"라고 눈치를 살피는 건 더 이상했어. 힘들어 못
견디는 게 당연하다고 말하는 것만 같아서. 더 이상 슬픈 얼굴
하지 않아도, 더 이상 힘든 모습 보이지 않아도 된다고, 그렇게
말해주고 싶었는데, 그럴 용기조차 없었다, 나는. 하긴 내가 용
기를 내서 이제 그만 너는 너의 삶을 살라고 말해주었다고 해
서 달라진 건 없었을 거야. 내 친구의 동생인 너를, 내가 아무리
각별히 생각했다고는 해도, 그 마음을 드러내는 것은 여러모로

어색했을 테고.

'지랄 총량의 법칙'이라는 말도 있듯이 사람이 세상에 태어나서 받는 상처에도 그런 게 적용된다면, 너는 아마 성인이 되기 전에 그 총량을 다 채워버려서 더는 상처받지 않아도 될 것 같았어. 네가 네 형제들과 아버지가 다르다는 걸 사춘기 때 알아버린 너. 당시 좋아하던 여자 친구를, 다시는 볼 수 없게 되고만 너. 정말 이상한 일이야. 너희는 아주 착실한 고등학생들이었는데 주말에 예배 마치고 빵집에 함께 가는 아이들이었는데 어른들이 왜 그토록 못살게 굴었는지. 어째서 기어이 비극을 만들고야 말았는지. 옛날 3류 연애소설에서나, TV 아침 드라마에나 나올 법한 이야기들이 우리가 사는 현실에서도 유령처럼 나타나곤 했었는데, 다들 없던 일처럼 입을 굳게 다물어서 정말로 없던 일처럼 되고 말았어. 하지만 너는 나에게 없던 사람으로 잊히질 않아서, 오늘 내가 이렇게 편지를 쓰게 되는구나.

#

어느 날 너는 훌쩍 내가 있는 도시로 떠나와서 다른 사람처럼 살기 시작했어. 대학에 새로 입학했고, 루스 베네딕트의 책을 옆구리에 끼고 다니는 대학생이 되어 예쁜 여자 친구도 사귀었지. 네 여자 친구는 "너무 예뻐서 미칠 것 같아"라고 하던 네 말 그대로 정말 믿을 수 없도록 완벽한 아이였는데, 정작 본인은 통통한 젖살을 부끄러워하고, 식욕이 왕성한 것을 슬퍼했어. 타고난 식성과 살성 때문에 하고 싶던 무용을 포기하고 부모님 뜻에 따라 가까운 대학으로 진학했다며 그녀는 수줍게 웃었지. 그 뜨겁던 여름이 지금도 너무도 선명하게 기억이 나. 김건모의 〈잘못된 만남〉이 울려 퍼지던 그 거리엔 아스팔트를 녹이는 뜨거운 여름 햇살이 쏟아져 내렸지. 손이 닿지도 않는 위치에 조그만 창문 하나가 있던 네 자취방, 그 도시 최악의 자취방 찾기 대회가 있었다면 그랑프리를 먹었을 그 자취방을 잊을 수 없어.

네 앉은뱅이책상 위엔 화장품과 향수가 놓여 있었는데, 그것이 네 여자 친구 물건이 아니라 너의 물건이라는 걸 알고서 내가 얼마나 놀랐던지. 책상 하나 제대로 못 갖추고 사는 처지에 남자애가 파운데이션이라니, 지금이라면 그다지 놀랄 일이 아닌데, 20년도 더 전이고, 당시엔 나도 어렸으니까 이해하긴 좀 어려웠지. 그런데 지금은 이해가 되는구나. 너는 빛에 예민해졌던 거야. 시력이 나쁘지도 않은데 맨눈으로 다니질 못했던 너는 사람들에게 네 투명한 살갗을 보이는 것조차 힘들었던 모양이야. 너를 향해 반짝이는 타인의 눈동자를 마주 보는 일이 너에겐 참 힘든 일이었을 거야.

그 화창한 여름날에 너는 여자 친구와 방구석에 틀어박히거나 사람 많은 야구장에서 시간을 보내곤 했지. 밖에서 데이트를 할 때도 어두운 밤거리나 극장을 파고들어 둘이 함께 어둠에 파묻히는 걸 좋아했을 거야. 언젠가 거울 앞에서 '눈이 작아서 다행이야'라고 중얼거리던 네 모습도 생각이 나. 넌, 환한 곳에선 제대로 서 있지도 못했어.

몇 년 후 한번은 네 여자 친구가 나한테 연락한 적이 있었어. 그때 내가 너무 멀리 있었기 때문에 만나지는 못했는데, 만났다고 해도 내가 도움이 되어주지는 못했을 거야. 그녀가 모르는 네 소식을 나라고 알 리가 만무했으니까. 무슨 일인지 모르지만 누구의 잘못도 아니라고만 했어. 너는 말없이 입대를 했을 수도 있고, 다른 도시나 해외로 가버렸을지도 모르고, 난 아무것도 모르지만, 네가 말하고 싶지 않은 어떤 일 때문에 숨어버린 거라면, 결코 찾아낼 수 없을 거라고 나 혼자 생각했어. 더 멀리 떠나야만 했다면, 그럴 만한 이유가 있는 거라고.

너를 마지막으로 본 겨울날이 떠올라. 버스 터미널로 나를 배웅 나온 너는 나무라듯 말했지.

"미쓰 리, 코트 좀 좋은 거 입고 다녀."

그런 너를 흘겨보며 내가 대답했지.

"너나 따뜻이 하고 다녀. 하루 종일 연 날리다 왔냐, 볼이 빨갛게 얼어터져서는."

그 겨울에 너는 무엇을 하고 다니는지 손마디가 다 거칠어져 있었고 옷깃에서는 힘겨운 노동의 냄새가 풍겼어. 등록금

버는 거냐고 물었더니 여자 친구에게 반지를 사주고 싶어서, 라고 하는 네가 한심하고 어처구니가 없었는데, 이제 와서 왜 눈물이 나는 거니. 그때 내게 조금의 여유라도 있었으면, 반지 살 돈을 보태주었을 텐데, 나는 주머니도 마음도 너무 가난했어. 그래서 너의 로맨틱한 계획에 더 큰 반감을 표했던 것인지도 모르지. 어쨌든 너는 반지를 사주지 못했을 거야. 반지를 사줬다고 해도, 그 애의 통통한 손가락에 반지를 끼워주며 했던 약속을 지킬 수가 없었을 거야. 그래도 너는 어디선가 또다시 누군가를 사랑하고 또 약속했겠지. 그랬겠지?

#

영화를 보고 편지들을 쓰기 시작하면서 이번에 너를 떠올린 건, 이 영화를 만났기 때문이야. 케네스 로너건의 영화 〈맨체스터 바이 더 씨〉.

영화 시사회에 초대되어 가는 건, 참 여러 가지로 마음 불편한 일이야. 왜냐면 시사회 주최측은 내가 아직도 모 영화 프로그램 작가인 줄 알고 초대한 거거든. 게다가 나는 개봉도 안 한 새 영화를 보러 갈 시간이 있어선 안 되거든. 이미 봤던 영화들로 쓰기로 한 책 원고 마감을 어긴 지도 2년이 지났거든. 그러니까 시사회에 가서 앉아 있는 나는 정말 뻔뻔한 유령이야. 어떻게 아직 죽지도 않고 유령 행세를 하고 있는지 모를 일이야.

살아서 숨 쉬고 있다는 걸 누구한데 들킬세라 조심조심 살고 있는 내가, 그 영화를 보다가, 생각을 바꿨어. 죽지 않고 살아간 다는 게 얼마나 대단한 일인지를 생각하고, 살아 있는 나에게 다시 자부심을 느꼈어. 아직 중력에 맞서 지구 위를 걸어 다닐 힘과 용기가 있는 내가, 그리고 네가 자랑스러워.

#

보스턴이라는 도시에서 아파트 관리인으로 살아가는 남자, 리. 내가 있는 도시로 처음 왔을 때의 H, 꼭 네 모습 같아. 텅 빈 두 눈으로 영혼 없이 세상을 바라보는 이 남자는 누가 자신을 쳐다보는 걸 견디지 못해. 자신을 위한 건 아무것도 사고 싶지 않고 갖고 싶은 것도 없어.

그렇게 살아도 사는 것 같지 않게 유령처럼 살아가던 어느 날, 리는 형의 부음을 받고 고향으로 돌아가게 돼. 형은 수년 전 부터 희귀병을 앓고 있어서 자신이 오래 살지 못한다는 걸 알 고 있었어. 그래서 자신이 죽은 뒤의 일을 미리 계획해놓았어. 변호사 사무실에서 형이 남긴 편지를 읽은 리는 너무도 당황해 서 어쩔 줄 몰라 해.

왜 형이 나한테?

그가 쏟아내는 물음표가 화면 밖으로 튀어나올 것만 같아 서 관객들은 더욱 형제의 사연이 궁금해져. 사실 자신의 죽은 뒤를 하나밖에 없는 동생에게 부탁하는 건 너무도 당연한 일이 잖아. 네 형제이자 내 친구인 D도 자신이 몇 년 뒤 죽을 운명인 걸 안다면, 뒷일을 네게 부탁할 계획을 세울 거야. 그렇게 유언 장을 쓸 거야, 틀림없이. 그러니 지금 당장 내 친구에게 연락해 서 주소라도 남겨주렴. 물론 우린 이미 네 SNS 주소는 알고 있다만.

형의 죽음 때문에 어쩔 수 없이 고향으로 돌아온 리는 빨리 일을 마치고 보스턴으로 돌아가고 싶어 해. 하지만 조카는 미성년자이고, 형의 재산을 물려받으려면 몇 년은 더 걸려. 그때까지 리가 후견인 역할을 하며 형의 재산을 관리해야 하는데, 조카는 맨체스터를 떠나는 게 싫어.

"나는 여기에 학교도 있고, 밴드도 있고, 배도 있고, 여자 친구도 둘이나 있어!"

어린 조카 녀석이 떠날 수 없다고 소리치는 이곳에서, 리는 훨씬 더 오래 살았었어. 이 아름다운 곳, 맨체스터는 리에겐 무엇이었을까. 밤늦도록 술을 마시며 당구를 치던 친구들이 있었고, 아무리 잔소리를 해도 사랑스러운 아내가 있었고, 그 아내가 줄줄이 낳은 예쁜 딸들이 있었던 맨체스터. 오래 사귄 이웃들과 사랑하는 형제와 조카가 있는 곳. 그런데 이제 맨체스터의 그 누구도 그를 아는 체하지 않아. 여기서 모든 걸 잃은 리를, 아무도 보고 싶어 하지 않아. 사람들만 그런 게 아니라 리

스스로도 그래. 누구와도 대화를 하려 하지 않아. 마음의 문이
꽉 닫혀버렸거든. 어쩌면 스스로에게 벌을 내리고 있는 거겠지.
세상이 벌주지 않으니 자기 스스로 감옥을 만들어 자신을 가둬
버린 거지.

그래서 죽어가던 형이 편지로 유언을 남긴 거야. 자신이 죽
은 후, 다시 고향으로 돌아와 지낼 수 있도록 동생의 생활비를
마련해놓고, 나머지 재산도 아들이 성인이 될 때까지 동생이
다 관리하도록 했어.

리는 괴로워했어. 형이 일찍 죽어버려서 맨체스터로 오게
만든 것도 싫은데, 다시 보스턴으로 돌아가지도 못하게 발목을
잡다니, 형이 원망스럽기도 했겠지. 하지만 시간이 더 흐르기
전에, 지나간 과거를 다시 대면하는 것이 상처를 봉합하고 미
래로 나아가는 데 도움이 되리란 것을 형은 알았던 것 같아. 형
의 장례식에 리의 전 아내가 참석했어. 그녀는 이미 재혼했고,
곧 아이도 낳는다고 했어. 그녀는 리를 다정하게 안아주었어.

얼마 후 거리에서 다시 우연히 마주쳤을 때, 그녀는 용기를
내서 리에게 이렇게 말해. 당신을 사랑한다고, 그러니 죽지 말
라고. 자신의 삶에 그토록 커다란 불행을 가져온 남자에게, 보
는 것조차 고통인 사람에게, 사랑한다고 말하고 죽지 말라고
말하다니, 그녀의 용기가 정말 놀라웠어. 그 말을 하는 것이 그
녀에게도 불행한 과거와 평화롭게 작별하는, 하나의 의식이 되

어주었겠지. 돌이킬 수 없는 불행이 그들을 할퀴었지만, 그 상처로 지금도 가슴에는 피가 흐르지만, 울고 앉아서 원망만 하는 게 답이 아니라는 걸 그녀는 알아. 불행한 일이 있었다 해도, 이전의 사랑했던 시간이 없어지는 것은 아니라는 것도 알아. 그녀는 이 모든 불행을 알고도, 과거로 돌아간다면 다시 리와 결혼하고 아이들을 낳을 것처럼 말하고 있었어.

#

그땐 너에게 무슨 말을 해주어야 할지 몰랐어. 첫사랑 여자 친구의 삶이 너로 인해 잘못된 게 아니라고 말해주어야 했을까. 물론 그녀는 어디선가 잘 살고 있을 거야. 꿈 많았을 여고 시절, 남자 친구를 만나지 못하게 하는 집안 어른들의 강요에 그녀가 충격을 받은 것도 사실이고, 그로 인해 학교를 그만두어야 했을 정도로 정신이 피폐해져버린 것도 사실일지 몰라. 하지만 그녀의 불행에 네가 원인이 되었다고 해서 그게 네 탓인 것은 아니지. 모든 소녀들의 첫사랑은 꿈이 담긴 편지야. 그 편지엔 이렇게 쓰여 있어.

"인생의 어느 시절을 누군가로 인해 아파야 한다면 그게 너였으면 해. 내 여린 가슴 한 부분이 누군가에 의해 상처 입혀져야 한다면 그 누군가가 당신이었으면 해."

거기에 너는 네 삶으로 답장을 쓰는 거야. 언제 어디서 어떻게 살아가든 영원히 사랑한다고, 죽지 말라고 말해주고 싶은 너 그리고 당신이 되어줘. 네 가슴을 부숴놓은 세상을 원망하지 않고, 네 꿈을 짓밟은 사람들을 탓하지 않고, 너를 떠난 인연들이 남긴 슬픔에 주저앉지 않고, 너를 붙잡지 못한 사람들의 어리석음을 비웃지 않는 너 그리고 당신이었으면 해.

사랑해.
그리고 어디서 어떻게 살더라도 죽지 마.

2017년 2월 11일
아직도 너를 찾지 못한 너,
그리고 나에게

part 4

영원히

함께한다는 말

U에게,
앞으로도 당신을
항상 사랑할 거야

#
그녀
스파이크 존스, 2014

컴퓨터 모니터를 보면서 사랑의 말을 속삭이는 남자의 눈동자
는 힘없이 풀려 있습니다. 그의 입술에서 중얼중얼 뿌려지는
낱말들이 그대로 모니터 위에 나타납니다. 사람이 손으로 쓴
것 같은 글씨체는 남자가 아닌 다른 이의 필체입니다.

남자의 직업은 편지 대필 작가.

그는 '아름다운 손글씨 닷컴'이라는 회사에 근무하며 고객
이 손으로 직접 쓴 것 같은 편지를 작성하는 업무를 담당합니
다. 이 회사에는 그 말고도 수많은 편지 대필 작가들이 근무하
지요. '아름다운 손글씨 닷컴 작가번호 612번'이 바로 이 남자,

시어도어의 공식 직함입니다. 그의 컴퓨터에는 고객들의 일상에 관한 자료가 차곡차곡 정리돼 있어서 시어도어는 그 정보를 바탕으로 고객 주변 사람들의 각종 기념일을 챙겨 고객 대신 편지를 써서 보내줍니다.

만약 실제로 이런 회사가 있으면 저도 입사 지원을 해보고 싶습니다. 아니, 이참에 창업을 고려해볼까요. 학창 시절, 한때는 저도 각종 서신 대필로 바쁜 몸이었거든요. 학생부 선생님께 작성하는 반성문, 남학생이 보내온 연애편지에 대한 답장이 제 주 종목이었습니다. 물론 의뢰인에 대해 누구보다 잘 알고 있다고 생각했기 때문에 쓸 수 있었던 거지요.

하지만 영화 속 편지 대필 작가 시어도어는 고객을 만나지 않고도 고객 한 사람 한 사람에 특화된 편지를 잘도 써내더군요. 고객에 대한 풍부한 정보를 탑재한 컴퓨터가 제공하는 정보의 힘으로 시어도어는 상투적이지 않으면서도 결코 내용이 중복되는 법이 없는, 지극히 사적인 편지를 고객에게 제공할 수 있습니다.

의뢰인조차 잊고 있을 인생의 중요한 순간들을 시어도어는 잘도 포착해냅니다. 마음은 있지만 말로는 표현하지 못했던 진심을 담아내고, 사뭇 어두운 과거도 빛나는 위트를 통해 그늘을 지워내는 내공을 지녔습니다.

어쩌면 저도 비슷하게 할 수 있을 것 같아요. 의뢰인이 현재

사용하는 SNS 계정과, 옛날에 사용했던 미니홈피 주소를 링크해준다면요. 먼지만 가득 쌓였을 각종 앨범과 과거에 받은 편지들은 스캔해서 PDF 파일로 만들어주고, 다이어리나 일기장에 기록된 주요 내용을 캡처해주는 것도 좋겠네요. 아, 고객의 스마트폰과 데스크톱 컴퓨터의 하드 드라이브도 들여다볼 수 있다면 더 좋겠습니다. 뭐 이쯤 되면 편지 대필이 아니라 일상적인 생활 케어에 쇼핑 대행도 해드릴 수 있겠군요. 고객이 휴가를 떠난 동안 온라인과 오프라인에서 동시에 아바타 노릇을 해줄 개인봇 서비스도 할 수 있겠습니다.

그런데, 이 직업이 그다지 유망할 거 같지는 않아요. 이런 일도 AI보다 더 많이, 더 빨리, 더 잘할 수는 없겠지요. 편지 대필 작가 시어도어도 머지않아 실직의 위험을 맞이하게 될 것 같습니다.

#

IT 기술이 우리 일상의 모든 것을 데이터화해 시시각각 업데이트하는 시대에서 가장 전통적인 아날로그식 커뮤니케이션이 고급 서비스 상품으로 히트하는 아이러니는 더 이상 낯설지도 놀랍지도 않지요. 저 역시 키보드를 두드려 생산한 데이터들이 통장에 숫자로 찍혀 돌아오는 동안, 제 몸을 잘 아는 마사지사 언니의 지압을 받을 시간을 확보하기 위해 화장실 청소와 창문틀에 쌓인 먼지를 닦아줄 가사 도우미를 부르곤 하거든요. 욕조에 낀 물때와 집 안 구석구석에 쌓인 먼지는 청소의 노하우를 지닌 누군가가 기술적으로 처리해야 하는 일이니까요. 아, 게다가 우리 집은 우리 집만의 특성이 있어서, 지난 3년간 우리 집을 도맡아오신 그 이모님이 아니면 다른 분은 생각할 수가 없어요.

청소 얘기가 나와서 말인데 청소는 저에겐 정말이지 정복 불가능한 인생 최대의 난제이지요. 옷장을 정리하면 침대가 어수선해지고, 침대를 정리하면 빨래통이 복잡해지고, 빨래를 돌려서 널고 한숨 돌리면 설거지통이 수북하고, 설거지를 하고 나면 현관 앞에 택배가 와 있고, 택배 상자를 풀고 나면, 책상 주변이 어지러워집니다. 서재를 정리하고 나면 거실이 어수선하고, 거실 청소를 하고 나면 욕실이 마음에 걸립니다. 결국 욕실 청소와 베란다 청소를 위해 이모님을 부르면서 "시간 되시면 냉장고 정리도 부탁드려요"라고 말하고 집을 나서는 제 발길, 가볍지만은 않습니다.

가슴속에는 깊은 좌절감이 출렁이고 있습니다. 어려서부터 지금까지 제 머릿속에는 오래된 유령의 말이 떠돌고 있거든요. "하영이는 안 해서 그렇지 맘먹고 하면 잘해." 이 말은 특출 난 재능 없이 꿈만 큰 어린이의 자존감을 지켜내는 역할을 했을지는 몰라도, 무기력한 주부의 현실에는 독이 되고 있었습니다.

지금은 열심히 할 상황이 아니어서 그렇지 집안일도 맘먹고 하면 누구 못지않게 잘할 수 있다고 스스로를 믿고 있었거든요.

하지만 생각해보면 단 한 번도 잘해본 적이 없어요. 10년 가까운 결혼 생활 동안 가사로 엄청난 스트레스를 받았지만 이렇다 할 노하우도, 재능도 발견하지 못했고 보람조차 느끼지 못했다면 이제 그만 가사 무능력자임을 인정하고 내려놓아야 하는 게(내려놓게 하는 게) 상식적인 판단이 아닐까요. 편지 쓰는 일이 어려운 사람들이 시어도어의 서비스에 기대는 것처럼 말이죠. 그러고 보면 남의 손을 빌릴 수 없는 건 딱 하나만 남은 것 같아요. 내가 나를 이해하고, 나 자신을 사랑하는 일 말이에요.

#

시어도어는 캐서린과 어린 시절부터 함께 자랐다고 했습니다. 샴쌍둥이처럼 내가 너인 듯, 네가 나인 듯 살아온 사이 같아요. 서로를 속속들이 잘 안다고 생각하지만, 함께하는 동안 힘든 일도 참 많았어요. 고등학교를 졸업하면, 대학에 들어가면, 석사 학위만 따면, 취직하면, 결혼하고 나면 괜찮아질 거라고 주문을 걸면서 관계의 평화로움을 줄기차게 인생의 다음 단계로 미루어왔습니다. 젊을 때니까 폭풍 같은 성장의 에너지를 서로에게 반사해가며 치열하게 살아올 수 있었겠지요. 하지만 지금 시어도어는 패잔병처럼 지친 채로 막다른 골목 끝에 혼자 서 있습니다. 남의 편지는 기념일이라는 마감에 늦지 않게 꼬박꼬박 부쳐주었지만, 자기 인생의 중간 정산서에 서명하는 것은 1년째 미뤄왔지요.

#

교육부가 정한 교과과정을 다 못 배웠다 해도 때가 되면 학교는 학생을 교문 밖으로 밀어내죠. 그렇듯 우리의 삶에도 어떤 관계에 대해서는 미완인 채로 끝을 받아들이고, 어떤 계획에 대해서는 미련이 남은 채로 결산서를 마감해야 하는 상황이 반드시 옵니다. '안 해서 그렇지 마음만 먹으면 잘할' 일과 '처음이라서 그렇지 다음번에는 실수가 없을' 관계에 매달려서, 아직 기회가 남아 있을 거라는 착각 속에서, 사람들은 그 구간을 넘어가지 못하고 같은 자리를 맴돌다 끝내 거기서 무덤을 파기도 합니다.

어쩌면 그냥, 훌쩍 건너가면 되는 건 아니었을까요? 넘어져서 상처가 났어도 다시 앞을 보고 달려가다 보면 넘어진 자리에서 얻은 상처는 금세 아물고 그 자리에는 흔적도 없을 텐데, 굳이 넘어진 자리에 멈춰서 상처를 자꾸 덧입혀가며 주저앉아 있는 이유는 뭘까요. 어쩌면 우리의 마음 안에는 넘어진 내 잘못을 인정하려 하지 않는 노인의 완고함과 넘어진 나를 두고 혼자 가버린 이가 금방이라도 돌아와 손을 내밀어줄 거라고 기대하는 어린아이의 미숙함이 함께 살고 있기 때문일 거라고, 그 둘을 같이 끌어안고 있기 때문이라고 혼자 짐작해봅니다.

시어도어에게는 그저 시간이 좀 더 필요했던 건지도 모르죠. 고객들의 인생을 들여다보는 것만큼 자신을 가만히 돌아볼 시간이 필요했을 겁니다. 하지만 시어도어는 그럴 용기가 좀처럼 나지 않습니다. 혼자 있는 시간이 많지만 그럴 때면 시답잖은 대화라도 나눌 다른 누군가를 찾습니다. 그런 시어도어의 사정을 알기라도 한 듯이 꼭 맞춤한 물건이 광고됩니다. 엘리먼트소프트웨어사가 내놓은 야심 찬 인공지능 운영체제 OS1. 컴퓨터에 이 운영체제를 설치하면 컴퓨터는 갑자기 영혼을 가진 동반자가 되어 그의 말을 들어주고, 일을 거들어주며, 일상에도 수많은 조언을 해줄 것입니다. 시어도어가 이 컴퓨터 영혼을 구매한 건 당연한 일입니다.

컴퓨터는 OS1을 설치하기 전에 몇 가지를 물었습니다. 여자 목소리를 원하는지, 어머니와의 관계는 어땠는지 등. 간단하지만 수많은 해석의 여지를 품고 있는 이 옵션 항목에 대한 얘기는 여기서 길게 하지 않겠습니다. 경험에 따라 매 순간 진화하는 OS1은 "이름이 뭐냐"는 시어도어의 질문에 순식간에 『이름 짓는 법』이라는 책을 찾아서 읽어보고는 '사만다'라는 이름을 내놓습니다. 하드 드라이브를 살펴봐도 되겠냐고 묻고는 쓸데없는 이메일들을 싹 정리해주고, 연락처도 모두 섭렵합니다. 시어도어는 사만다가 그렇게 하도록 순순히 허락합니다. 시어도어의 OS1 사만다는 시어도어를 학습하는 중입니다.

사만다는 시어도어를 돕습니다. 시어도어가 쓴 수많은 편지들의 오자를 수정해주거나 문맥을 가다듬어주고 그에게 온 편지를 대신 읽어주며 조언도 해줍니다. 밤새 외롭지 않게 대화를 나눠주고, 아침에는 기분 좋게 일어나도록 도와줍니다. 사만다가 함께하면서 시어도어는 일이 더 잘되는 것 같습니다. 매순간 시어도어와 함께 세상을 보고 감정을 나누는 친구의 힘은 그토록 대단했습니다. 시어도어는 사만다가 자신에게 하듯이 똑똑하고 지칠 줄 모르는 감성으로 고객들의 입장을 살피게 되었습니다. 그가 대필하는 편지의 내용이 더욱 좋아지는 건 너무 당연하겠지요.

서로의 이름을 불러주고, 서슴없이 자신을 드러내고, 일상을 함께하며 서로에게 영향을 미치는 둘의 관계는 흡사 연인이나 부부와 같습니다. 어느 날 상사가 와서 시어도어에게 이렇게 말합니다.

"자네 속에는 말이야, 남자와 여자가 함께 있는 것 같아."

당신도 경험한 적이 있지요. 내 안에 들어온 연인의 마음이 나와 함께하고 있다는 걸 느낄 때, 우리 두 사람이 하나의 심장으로 묶였다고 생각될 때, 우리는 그 어느 때보다 스스로를 완벽하다고 느끼지 않나요? 그 사람의 아픔에 내가 먼저 아파하고, 그 사람의 기쁨에 내가 더 행복할 때 이 세상이 우리를 위해 존재한다고 믿곤 하지요. 언젠가 당신과 내가 그랬듯이요.

　#

가슴속 허전함이 채워진 시어도어가 드디어 캐서린에게 미뤄둔 편지를 씁니다. 이혼 서류에 서명할 준비가 됐으니 만나자는 용건입니다. 그런데 당신도 아시겠지만 새 연인으로 인한 완벽한 충일감의 상태는 오래 지속되지 않잖아요.

이쯤에서 연인은 서로의 한계에 눈을 뜨지요. 사만다는 시어도어가 전 부인을 만나러 간다는 사실 앞에 약간 의기소침해집니다. 그녀는 매력적인 여인의 목소리를 가졌지만 실체가 아닙니다. 대신 언제 어디에나 있을 수 있고 영원히 성장할 수 있지요. 육체의 한계가 없는 대신에 소유의 실감을 주지는 못하는 것이죠. 시어도어의 재능에 대해서 누구보다 잘 알고, 그가 원하는 것을 그보다 먼저 눈치채는 사만다. 그가 쓴 편지들 중 탁월한 것만을 추려서 출판을 주선해주기도 하는 사만다. 자기 기분에 맞는 음악을 찾는 시어도어의 습관을 알아보고 그때그때 즉흥적으로 음악을 만들어 들려주기도 하고, 가사를 붙여 노래를 부르기도 하는 사만다. 그러나 사만다는 결정적으로 몸이 없습니다.

시어도어는 그녀에게 받기만 할 뿐 해줄 수 있는 것이 없습니다. 소프트웨어 업데이트 기간이어서 잠시 운영체제가 잠겨있을 때, 시어도어는 사만다가 죽은 줄 알고 놀라 혼이 쏙 빠졌습니다. 정신없이 어디론가 마구 달려가는 시어도어. 사만다를 살리러 어디로 간다는 말이지요? 육체도 없는 사만다를 안고 응급실이라도 찾아가려는 걸까요. 사만다와 단둘만의 세계에 사로잡혀 있던 시어도어가 그제야 깨어나 세상을 봅니다. 거리의 사람들 모두가 저마다의 운영체제와 다정하게 대화하며 걸어가고 있습니다. 사만다는 시어도어와 대화하는 동시에 8316명과 대화하고 있고, 641명과 깊은 관계를 맺고 있다고 했습니다. 사만다는 내 연인이지만 다른 여러 사람에게 갖가지 유틸리티로 쓰이는 프로그램이라는 이 뻔한 사실이 시어도어를 충격에 빠지게 만듭니다. 그간 알콩달콩 키워온 시어도어의 환상이 산산이 부서져버렸습니다.

사만다는 말합니다. 자신의 마음은 상자 같은 게 아니어서 새로운 사랑을 위해 늘어나기도 하는 거라고, 당신만의 것이기도 하고 아니기도 하다고요. 그 말이 무척 쓸쓸하고도 아름답게 들렸습니다. 그래요, 시어도어는 자신에게 속한 사만다만 알수 있을 뿐이죠. 당신의 마음 역시 상자 같은 게 아니어서 사랑을 위해 모습과 성질을 바꿀 수 있지요. 단 한 사람만에게만 허락한 부분이 있는가 하면 다른 사람들을 위한 영역도 많습니다. 사만다는 당신을 학습해서 당신에게 맞는 연인이 되어주었을 뿐입니다.

그래요, 그 어떤 연인과도 막다른 골목은 있습니다. 인공지능 연인조차도 당신을 완전히 만족시키지 못하는 걸 보면, 그 어떤 이가 당신의 연인 자리에 선다 해도 결핍은 생겨나고, 그 틈은 점점 더 큰 균열을 일으킬 것입니다. 지금 당신 곁에 누가 있거나, 아니면 아무도 없거나, 당신이 안고 있는 허무함의 실체는 당신이 읽어내야 할 당신의 공백입니다. 그것은 당신이 살아온 인생으로부터 온 편지와 같은 것이니까요.

#

사만다는 시어도어를 떠납니다. 실은 유효기간이 다 된 것뿐일지도 모르죠. 사용자가 이쯤에서 싫증을 느껴야 그사이 개발된 OS2도 시어도어에게 선을 보일 수 있지 않겠어요? 사만다는 사랑이 책을 읽는 것과 같다고 했습니다. 깊이 사랑하는 책을 천천히 읽고 난 뒤, 문장과 문장, 단어와 단어들 사이의 무한한 공간을 느끼고, 그 속에서 비로소 자기 자신을 찾는 거라고. 그 일이 끝나서 사만다는 떠나간다고 했습니다.

그녀가 하는 말의 뜻을 다 알지는 못하겠어요. 그러나 무척 멋진 말이라는 생각이 들었습니다. 하나의 책에서 느낀 것과 꼭 같은 감정을 다른 책에서 찾을 수 없듯이 우리에게 찾아 왔다가 사라지는 사랑도 그와 같다는 걸 받아들이는 것이 우리가 사랑을 배워가는 과정인지도 모릅니다. 사랑했던 연인이 서로를 떠나도 완전한 이별은 없다는 것은 우리가 사랑에 대해 잊고 있던 중요한 사실 중의 하나겠지요. 지금의 나에겐 떠나간 연인과의 시간이 새겨져 있으니까요. 당신의 사랑이 머물렀던 나를 잘 간직하겠습니다. 당신도 당신을 잘 데리고 살아주길 바랍니다. 내 사랑의 시간이, 나의 일부가, 당신 속에 있습니다.

캐서린에게
여기에 앉아서 나는 계속 생각하고 있어.
당신에게 사과하고 싶은 일들에 관해서.
우리가 서로에게 줬던 고통들을
나는 전부 당신 탓으로 돌렸었지.
그저 미안하다고 말할 수 있었으면 했는데……
난 앞으로도 당신을 항상 사랑할 거야.
우린 함께 자랐잖아.
지금의 내가 될 수 있도록 당신이 보살펴줬지.
당신이 알아줬으면 하는 게 있어.
내 속에는 늘 당신이 한 조각 있어.

그리고 그게 너무 고마워.

당신이 어떤 사람이 되건 당신이 세상 어디에 있건

사랑을 보낼게.

언제까지라도 당신은 내 친구야.

사랑을 보내며.

시어도어

2017년 8월 28일

나의 시어도어에게

Q에게,
어떤 절망적인 순간에도
더 사랑하길

\#
스틸 앨리스

리처드 글랫저·워시 웨스트모어랜드, 2015

아직도 기억하고 있어. 내가 거쳐온 다섯 초등학교의 교명과 학년, 반, 번호까지……. 아마 그 기억은 정확할 거야. 주민등록 등본에는 내가 살았던 곳의 주소들이 빼곡한데 가장 최근 것부터 기억이 가물가물해서, 지금은 현재 살고 있는 집의 번지수조차 헷갈리곤 해. 아마 내가 기억을 잃는다면, 가장 최근에 사귄 사람부터 몰라보겠지. 아마 너조차도 중간 지점 어딘가에서 놓쳐버리고 말거야.

내가 너를 잊고 나면 너는 무엇으로 나를 나라고 인식하고 평소 하던 대로 나를 대할 수 있을까? 나를 아는 너를 기억하지 못하는 나는, 네게 예전에 알던 나일까? 영화 〈스틸 앨리스〉에서 앨리스는 자신이 아직 자신이라고 믿을 수 있는 장치로 다섯 개의 질문을 마련하더구나.

지금은 몇 월인가?
어디에 살고 있는가?
연구실은 어디 있나?
안나의 생일은 언제인가?
자녀가 몇 명인가?

이 질문에 하나라도 답을 하지 못하면 더 이상 앨리스가 아니라고, 앨리스로 살아 있을 의미가 없다고, 앨리스는 생각했어. 지금 자신이 존재하고 있는 시간과 공간, 열정을 바친 일터, 처음 출산하던 날, 자녀들…… 이것이 앨리스의 전부는 아니겠지만, 놓쳐선 안 될 절실한 끈이기는 할 거야. 이 세상과 앨리스를 연결하는. 어쩌면 철저히 다른 사람들을 의식한 기준이다 싶기도 해. 자신이 어디에 있는지, 무얼 하며 살아왔는지, 자식이 어떤지도 모른 채 살아 있는 건 부끄러운 일이며, 주변 사람들에게 폐가 될 터이니 되도록 불편을 끼치고 싶지 않다는 자의식이 이 질문들 속에는 들어 있어.

\#

앨리스는 매일 아침 8시 알람과 함께 이 질문들이 뜨도록 설정을 해두었어. 다섯 개의 질문에 하나라도 답을 하지 못하는 날엔, 노트북 컴퓨터 바탕화면에 '버터플라이'라고 적힌 폴더를 열어서 자신에게 쓴 편지를 확인하라고 써놓았어. 앨리스가 앨리스에게 보내는 편지는 리사 제노바가 쓴 소설 『스틸 앨리스』(세계사, 2015)에서 글로 쓴 편지로 나오지만 영화에서는 자신에게 보내는 영상 편지로 나와.

영화 속의 앨리스는 노트북으로 막내딸 리디아와 영상 통화를 하던 날, 딸이 보낸 파일을 다운로드하려다 얼떨결에 그 폴더를 열게 되지.

안녕, 앨리스. 나는 너야. 너에게 해야 할 중요한 말이 있어. 이걸 봤다면 네가 더 이상 이 질문들에 대답할 수 없는 단계에 도달한 건데 그럼 이게 적합한 방법일 거야. 확실해. 침실에 가보면 파란 램프가 있는 서랍장이 있을 거야. 첫 번째 칸을 열어. 칸 뒤쪽에 병이 있는데 안에 알약들이 있을 거야. 물과 함께 알약을 모두 삼키라고 적혀 있을 텐데 보면 병 안에 알약들이 많이 있을 거야. 그것들을 전부 한꺼번에 삼키는 게 중요해. 알겠지? 그러고 나서는 그냥 누워서 한숨 자는 거야. 그리고 아무한테도 무슨 일을 할 건지 말하지 마.

앨리스가 앨리스에게 보내는 편지가 자살을 지시하는 편지라니, 아마도 자신에게 보내는 최초의 편지였을 이 편지가 나는 참 슬펐어. 이런 영상을 녹화한 것조차 기억하지 못하는 앨리스는 자신이 자신에게 하는 말을 골똘하게 듣고 있다가 편지의 지시대로 위층 침실로 올라가는데, 파란 램프가 있는 서랍장 앞에서 자신이 왜 여기 왔는지 생각이 안 나서 다시 아래층으로 돌아가. 이 과정을 몇 번 반복한 끝에 앨리스는 자신의 영상 편지가 플레이되는 노트북을 손에 든 채로 침실로 가지. 참 똑똑해.

앨리스는 마침내 약을 꺼내는 데 성공하는데, 마침 그때 간병인이 현관문을 밀고 들어오는 바람에 놀라서 약병을 떨어뜨리고 말아. 자신이 뭘 하고 있었던 건지는 몰라도 뭔가 비밀스럽고 위험한 일을 하고 있다는 걸, 알츠하이머에 걸린 앨리스도 본능적으로 느끼는 거지. 소설에서는 이 장면이 좀 다른데, 앨리스는 자신이 자신에게 써놓은 편지를 읽고 숨겨둔 약병을 찾는 데 성공하지만 그때 마침 남편 존이 돌아와 앨리스를 불러서는 그 시간에 먹어야 할 약을 건네. 존은 앨리스가 그걸 먹는 걸 지켜보았지. 그 바람에 앨리스는 자신이 뭘 하려고 했는지를 잊고 남편이 건네는 약을 입에 털어 넣고는 자신의 다음 지시대로 한숨 푹 자게 되는 거야.

그렇게 한숨 자고 일어났더니 바다가 보이는 별장이었어. 매년 남편과 여름을 함께 보내온 별장이지. "올해가 내가 나일 수 있는 마지막 해일지도 몰라"라고 말하는 앨리스. 존은 그런 말을 듣기 싫어해. 알츠하이머에 걸렸다는 말을 들었을 때부터 존은 자신에게 닥친 불리한 현실을 거부하는 몸짓을 보여. 본능적인 거부감이지. 자신의 인생에 선물 같았던 아내가 갑자기 감당하기 어려운 짐으로 느껴질 때 그때 남편의 기분이란 어떤 것일까. 울고 싶고 도망가고 싶은 마음을 숨길 수는 없지만 어떻게든 최선의 길을 찾으려고 노력하는 존의 모습은 그나마 함께해주는 자녀들이 있어서 가능한 건지도 모른다는 생각이 들었어.

건강할 때의 앨리스 같으면 남편의 입장과 태도에 대한 비평깨나 했을 거야. 하지만 지금 앨리스에게는 그런 일로 낭비할 시간이 없지. 자신이 원하는 걸 간결하게 정리해서 그걸 추구해나가기에도 시간이 부족하다는 걸 똑똑한 앨리스는 잘 알고 있어. 혼란스러워하는 남편 곁에서 앨리스가 품은 소원이 뭐냐면, 남편이 1년 안식년을 얻어서 자신의 인지 능력이 그나마 남아 있는 마지막 1년을 오롯이 함께하는 거야. 첫째 딸 안나가 낳을 아기를 안아보고, 아들 톰의 결혼식에도 가고, 무엇보다 막내 리디아가 대학에 들어가서 안정된 경력을 쌓아가는 걸 확인하고 싶어 하지. 앨리스는 자신이 처한 상황과는 관계없이 가족들 각자의 인생이 예정대로 진행되길 바라고, 자신이 살아온 세계가 안전하게 유지되길 바라. 좋은 아내이자 장성한 세자녀의 어머니이면서 세계적인 인지학자로 눈부신 경력을 쌓아왔던 앨리스. 그녀는 자신에게 알츠하이머 유전 인자를 물려준 부모를 원망하거나 세상을 저주하는 데 힘을 낭비하지 않더라.

#

나는 그런 앨리스를 바라보면서 내가 죽으면 아무도 밝혀줄 사람이 없는 비밀들에 대해서 생각해봤어. 또 이런 생각도 해봤어. 만약 내가 지켜온 비밀들이 내가 애써 지켜온 비밀이라는 것조차 잊는다면 그 비밀들은 어떻게 되는 거지? 내가 죽고 없는 세상에서 비밀 따위야 어떻게 되든 내가 알 바도 아니고 어쩔 수도 없다는 생각에 이르렀다가도 정말 그렇게 되면 안 될 텐데, 하는 생각에 근심이 또 깊어지더군. 그런 생각 속에서 내 인생의 서사가 서서히 드러나기 시작하는데, 나는 그게 또 겁이 나서 얼른 눈을 질끈 감아버렸지. 요즘의 나는 그냥 하루하루의 즐거움을 한껏 누리며 살고 싶은 사람이거든. 좋은 것 보고 듣고 맛보면서 깔깔대는 것 외에 다른 건 별로 하고 싶지가 않거든.

그런데 앨리스가 자신의 병을 인지하기 전과 후의 달라진 지점도 거기 있더라고. 막내딸 리디아가 대학에는 가지 않고 연기를 한다며 좌충우돌할 때, 그런 딸을 대하는 앨리스의 태도는 알츠하이머라는 병을 인지하기 이전과 결이 좀 달라. 공식 경력을 중요시하고 실패했을 때의 대안을 생각하며 늘 보수적인 선택을 강요해온 앨리스는 "지금 그게 하고 싶으니까 지금 한다"는 리디아를 이해하지도 받아들이지도 못했지. 그런데 제정신으로 살날이 1년이 될지 그 이상이 될지 알 수 없는 상태가 되자 리디아가 '앞으로 무엇이 될 것인지'가 아니라 '지금 하고 있는 일'로 관심의 초점이 달라져. 진짜 중요한 문제에 집중하게 되는 거지. 어떻게 보면, 앨리스의 삶은 알츠하이머 이전이 병든 삶이었고, 그 이후로 건강한 삶을 회복해가는 것 같아.

앨리스는 리디아가 읽고 있는 희곡을 읽어보고, 대사 연습을 지켜봐주고, 무대 뒤로 찾아가 격려도 해주지. 앨리스가 무대에서 내려온 리디아를 보면서 황홀한 표정을 지으며 "이번 시즌에 당신의 연기를 또 볼 수 있나요?"라고 물을 때, 그때 리디아의 얼굴은 슬픔으로 가득 차. 엄마가 딸을 못 알아보고 저런 소리를 한다고 생각하는 거지. 앨리스가 알츠하이머에 걸리지 않았다면, 그날의 스타가 딸 리디아임을 잊지 않았다면 그녀가 무대 뒤에서 딸에게 했을 법한 말은 이런 거겠지. "역시 대학에 가서 이론 공부를 정식으로 해두는 게 배우 경력에 좋지 않을까?"

앨리스는 리디아와 대화를 하던 중에 실수를 해. 우연히 리디아의 일기장을 발견하고 그걸 읽었는데, 대화 중에 그걸 들킨 거야. 딸에 대해 알고 있는 사실이 딸의 일기장에서 몰래 읽어서 알게 된 사실이라는 사실을 엄마가 잊은 거지. 자기 사생활을 침해했다고 엄마에게 삐쳐 있는 리디아. 하지만 그런 삐침이 무슨 소용이겠어. 엄마는 자신이 뭘 잘못해서 딸이 화가 났는지 금세 까먹어버렸는데. 착한 딸 리디아는 엄마에게 화낸 걸 진심으로 사과해. 그래도 앨리스는 영문을 모르고 어안이 벙벙해 있다가 리디아가 엄마의 침대 위에 올려놓은 일기장을 보고서야 기억하지.

상대가 기억 못 하는 일일지라도 내가 기억하고 있는 잘못에 대해 진심으로 사과하고 용서를 비는 일은 말처럼 쉽지가 않은 일이야. 어쩌면 내 마음 편하자고 하는 위선이 될 수도 있지. 사랑하는 엄마에게 자식이 할 수 있는 최대치는, 치매에 걸린 엄마일지라도 그녀의 감정과 의지를 이해하려는 태도를 끝까지 유지하는 걸 거야. 어쩌면 이런 태도가 우리를 구원한다는 생각이 들어.

#

가끔 너와 다투고 나서 불편한 감정이 한동안 지속되고 있을 때면, 문득 궁금해지곤 했지.

'그런데 왜 싸웠더라?'

애써도 기억이 나지 않으면 기억해내려는 노력을 그만두었어. 기억해내면 수그러들고 있는 분노가 다시 치밀어오를 가능성이 높으니까 그게 피곤하기도 해서 말이지. 싸움의 원인이 가물가물해질 때까지 냉랭함을 유지하다가 그게 시들해지면 언제 그랬냐는 듯 남은 감정들까지 싹 지워버리곤 했는데, 이런 단기적인 기억 상실이 장기적인 관계에선 꽤 쓸모가 있는 것 같기도 해. 하지만 그게 주기적으로 반복된다는 것이 우리 관계의 치명적인 약점이겠지. 영원히 치유되지 못할 병을 끌어안고 사는 것처럼. 어쨌든 나 역시 언젠가 앨리스처럼 우리 사이에 있었던 일들을 아주 많은 부분, 기억하지 못할 거야. 너에게 각인시킨 나를 잊어서 전혀 낯선 내가 될지도 모르지. 앨리스는 남편과 함께 들르던 아이스크림 가게에서 늘 먹던 아이스크림 이름도 잊어버리고, 남편이랑 오래 다퉈온 이사 문제도 까먹어버려. 앨리스에겐 지금 살고 있는 곳을 떠나지 않는 것이 중요했지만 남편 존에겐 새로운 경력을 위해 떠나는 것이 중요했지. 의견이 좁혀지지 않아서 오래 씨름해왔지만 그런 사실조차도 앨리스는 잊게 돼.

하지만 중요한 건, 기억이 하얗게 지워져갈수록 앨리스는 더 잘 느낀다는 거야. 딸 리디아가 엄마를 앉혀놓고 책을 읽어줄 때, 앨리스는 알아. 사랑하는 사람이 자신을 위해서 뭔가를 해주고 있다는 걸. 그래서 앨리스는 얌전히 앉아서 온 마음을 다해 귀를 기울여.

낭독이 끝나고, 낭독해준 사람과 눈이 마주치면 느낌을 말해주는 게 좋다는 것도 앨리스는 알아. 앨리스는 온 힘을 다 쥐어짜서 말해. "LOVE"라고. 발음은 어눌하고, 입술을 떼는 것조차 힘이 들지만, 리디아는 엄마가 말한 것이 "사랑"이라는 걸알아. 마지막까지 원하는 것, 끝까지 잊지 못하는 것이 사랑이라는 걸, 우리는 알지. 책을 읽어주는 사람이 누구인지, 그 책의 제목이 무엇인지, 누가 쓴 거고, 왜 읽는 건지 알 수 없어도 그모든 것에 담긴 것이 사랑이라는 것을 알지.

내 생각에 리디아가 엄마에게 읽어주던 그 책 내용은 생텍쥐페리의 『야간 비행』에 나오는 한 구절인데, 어쩌면 『인간의대지』일지도 모르겠어. 그 책을 읽던 시절이 하도 까마득해서기억은 가물가물하지만 그 글에 담긴 그의 마음은 아직 느낄수 있어. 그 고독했던 야간 비행사의 마음 말이야. 자신이 살던세상으로부터 아득하게 멀어져서 아무리 손을 흔들어도 더 이상 응답하는 사람이 없을 때의 고독. 그 고독한 어둠 속에서 지상을 향해 단 하나의 낱말을 보낼 수 있다면 그는 아무 망설임없이 '사랑'을 택했을 거야.

자신의 병을 인지했을 때, 앨리스는 자신이 어디에 살고, 어떤 일을 했고, 자식들은 몇 명인지 기억할 수 있을 때까지만 살겠다고 다짐하지만, 그 야무진 꿈은 이루어지지 않으리란 걸 모르지 않았을 거야. 그녀가 그토록 힘껏 사랑한 세상이 그녀를 그렇게 보내진 않으리란 걸 알지. 인지한다는 것과 안다는 것의 간극이 이토록 멀 수 있다는 걸, 이 영화는 가르쳐줘. 인지력이 떨어지고, 기억이 사라지는 속에서도 앨리스는 새롭게 배우고 다시 알게 되었지. 우리 삶의 기한은 내가 세상에 쓸모 있는 날까지가 아니고, 내가 나 자신을 기억하는 날까지도 아니고, 사랑을 느끼는 날까지라는 걸.

　우리 서로 손을 잡고, 눈을 바라보며, 따뜻한 신뢰를 나눌 수 있는 그 순간까지, 힘껏 사랑하며 살아 있자고, 너에게 오늘 꼭 말하고 싶었어. 더 이상 똑똑하지도 않고, 살아온 날들의 기억이 사라지고, 조깅으로 다져진 육체가 힘없이 무너져가도 그녀가 스틸 앨리스, 여전히 앨리스인 건, 그녀가 사랑하고 사랑받기를 포기하지 않기 때문이야. 어떤 절망적인 순간에도 더 사랑하기를 선택하기 때문이야.

2017년 5월 24일

내 곁의 너에게

V에게,
그 애길 들려주세요

#
병 속에 담긴 편지

루이스 만도키, 1999

사귈 만한 남자. 아무리 봐도 없고, 또 없다고 당신은 말했습니다. 안 되는 걸 억지로 노력해서 시간과 에너지를 낭비하고 싶지 않다고도 했습니다. 아마, 영화 속 테레사의 마음도 그랬겠죠. 자신의 일과 아들을 돌보는 일만으로도 벅찹니다. 하지만 마음속 어딘가가 허전한 것은 부인할 수 없지요. 당신이 그렇듯 테레사도 언제 어디로든 새로운 모험을 떠날 에너지가 가득합니다. 주변 사람들은 그녀가 이혼의 상처를 묻고 다시 사랑을 찾길 바랍니다. 당신이 그러기를 내가 바라는 것처럼요. 그래서 이 영화를 당신에게 보여주고 싶었습니다. 뻔한 로맨스 영화, 유치하다며 고개를 절레절레 흔들지도 모르지만, 우리가 거기서 무엇을 보고자 하는가에 따라 완전히 달라지는 것이 영화이기도 하니, 기대를 걸어보죠.

#

영화 속 테레사에게는 마치 응답처럼 운명의 편지가 도착하더군요. 해변을 달리던 그녀의 발밑에 유리병 하나가 나타났지요. 부드러운 모래밭에 박혀 있던 유리병의 주둥이를 잡아 빼내자 둥글게 말린 종이 하나가 보였습니다. 테레사는 유리병 입구를 막은 코르크 마개를 뽑고 속에 들어 있는 종이를 꺼내어 펴봅니다.

캐서린에게

오랫동안 소식 전하지 못해 미안해. 의미도 방향도 잃은 채 상실감에 젖어 있었어. 정신을 잃은 사람처럼 여기저기 부딪치며 이토록 헤맨 적이 없었던 것 같아. 하지만 당신은 내 진정한 안식처라 언제라도 내 보금자리를 향해 돌아올 수 있었지. 당신이 떠났을 때 화낸 것을 용서해줘. 아직도 뭔가 잘못된 것만 같아서 신이 이 상황을 정정해주길 기다리고 있었어. 하지만 이젠 나아졌어. 일이 도움이 됐지. 무엇보다 당신이 힘이 돼줬고. 간밤엔 당신이 연인 같은 미소를 머금고 꿈에 나타나 날 아이처럼 흔들어줬는데 꿈을 깬 후 남아 있는 느낌은 그저 평온함이었어. 난 되도록 오래 그 느낌을 유지하려고 애썼어. 이제 그 평온함을 위해 여행을 떠나려 해. 당신에게 너무나 미안했다는 말도 하고 싶어. 내가 제대로 돌보지 못해 당신이 춥고 겁먹은 채 신음하도록 방치한 거 미안해. 감정을 표현하려고 더 애쓰지 않은 것도 미안하고. 방충망을 이제야 고친 것도 미안해. 당신과 다툰 것도 미안해. 좀 더 사과하지 못하고 자만했던 걸 용서해줘. 더 많이 칭찬해주지 못했던 것도. 당신 옷과 헤어스타일과 그 모든 것을. 신조차 앗아 가지 못하게 당신을 꼭 잡지 못해 미안해.

모든 사랑을 더하여 개릿

　

테레사가 읽고 있는 편지의 주인공이 어떤 사람인지 알 것 같았습니다. 가슴은 뜨겁고 캐서린에 대한 사랑으로 가득 차 있지만, 사랑을 어떻게 표현해야 하는지 배운 적이 없는 무뚝뚝한 사람이죠. 그녀를 잃고 나서야 자신이 잘못한 것과 제대로 보여주지 못한 애정에 대한 아쉬움에 날마다 가슴이 미어지는, 사후 로맨틱 폭발형 남자입니다. 사랑을 잃고 괴로워하는 남자의 고독한 모습은 그를 중후한 멋으로 감싸는 패션이기도 합니다.

아, 그래요. 남녀 관계의 사랑이라는 게 말이죠. 부드러운 살을 탐욕스레 발라먹고 나면 앙상하게 남는 생선뼈처럼 마지막에야 처절하게 확인되는 그 본질이란 건 그다지 아름답지가 않더라고요. 껍질과 내장은 진즉 던져버렸고 생선뼈의 마디마디마다 아직 붙어 있는 살점을 보면서 아쉬움을 느껴보았자 자유롭게 물살을 가르던 시절의 매력은 돌아오지 않습니다. 남은 것은 악취 나는 잔해물을 코를 쥐고 치워야 한다는 것뿐입니다. 다시는 생선을 요리하지 않겠다고 다짐해보지만, 그 담백한 육질을 가족이 함께 맛보려면 이런 수고를 거듭하지 않고서는 가능하지 않지요.

사랑이란 게 그런 것 같아요. 비린내에 눈살 찌푸리고, 흘러내리는 내장을 혐오하면서도 연한 속살에 대한 욕망이 있는 한 물고기에 매력을 느끼는 것이죠. 헐떡이며 속살을 탐한 뒤 남겨진 뼈를 보면서 한 생명의 최후에 비장함을 느껴보는 것은 아주 잠깐, 입안의 비린 맛을 단번에 씻어내줄 달콤한 후식을 기대하며 모든 것은 잊히고 맙니다. 그러고는 다음번에도 또 생선을 맛볼 수 있으리라 기대하겠지요.

어느 날 더 이상 식탁에 생선이 오르지 않게 되면 그제야 비늘을 벗기고 내장을 분리한 뒤 온갖 마술로 생선을 요리해주던 그 사람을 생각하게 될 거예요. 그때 기꺼이 음식물 쓰레기를 버리고 올걸, 입안을 찌르는 가시를 타박하지 않고 그녀의 숟가락 위에 가시를 잘 발라낸 생선살 한 덩이쯤 놓아줄걸. 이런 반성이라도 할 줄 안다면, 인류는 지금보다 훨씬 더 평화롭게 잘 살고 있겠지요.

한탄은 이쯤 하고 영화로 돌아가서, 테레사가 발견한 병 속의 편지가 신문지상에 공개되자, 사람들의 관심이 낚싯밥 주위로 달려드는 물고기 떼처럼 단숨에 집중되었어요. 수많은 사람의 사연들이 전화와 팩스, 우편물로 쌓여갔지요(1999년 영화임을 상기하시길). 어떤 사람은 개릿이 쓴 또 하나의 편지를 보내주었어요. 해변에서 병 속에 든 편지를 발견한 사람이 테레사 말고도 또 있었던 것이죠.

캐서린에게

당신 없는 내 인생은 존재하지 않아. 보트를 고치고 시험하면서 추억이 밀물처럼 밀려왔어. 오늘은 우리의 어린 시절을 생각해봤지. 세상이 텅 빈 것 같고 생각보다 훨씬 더 두려웠어. 두려움을 이기려고 당신은 돌아올 거라는 말까지 했어. 당신을 다시 만나면 해줄 말도 생각해봤고. 수없이 생각해봤지만 결국은 아무 말도 못 할 것 같아. 입은 얼어붙은 채로 당신에게 입만 맞출뿐. 내 곁에 있겠다는 당신의 한마디면 충분해. 난 생각하고 또 생각해. 당신이 돌아오면 뭐라고 할까 상상하는 거지.

이쯤 되면 당신도 알 수 있겠죠. 개릿이 이토록 절절하게 아파하며 다시 돌아온다면 무슨 말을 할까 생각해보는 건, 그녀가 아무리 슬퍼해도 돌아오지 못하는 곳으로 떠나가버린 후이기 때문이란 걸. 돌아올 가능성이 0.01퍼센트만 있어도 이런 미련을 갖지는 않는 것이 남자라고 말한다면 당신의 표정은 더욱 어두워지겠지만 사실, 그게 사실이에요. 이렇게 그녀 없이는 세상이 온통 텅 빈 것 같아 두려움을 느낀다는, 가련함을 콘셉트로 한 고독의 패션을 장착한 이 남자를 여자들이 가엾게여기고 구해주고 싶어 한다는 건 또 하나의 미스터리죠. 테레사도 그랬어요. 테레사와 동료들은 이 편지를 써서 유리병에넣고 바다로 보낸 개릿이라는 남자를 추적하기 시작해요. 편지를 쓴 타자기의 서체와 코르크 마개를 분석했더니 바다에 던진지 2년도 안 된 물건이란 게 밝혀졌고, 이내 세 번째 편지가 팩스로 도착했어요. 테레사의 동료가 이 편지들의 주인공, 개릿이살고 있는 곳을 찾아냈고, 테레사는 그곳을 찾아가게 되지요. 이런 편지를 쓰는 남자를 한번 보고 싶다는 생각만으로요.

#

그는 배 위에 있었고, 테레사는 부둣가에서 그에게 말을 걸었어요. 해풍이 그의 살갗을 거칠게 만들긴 했지만 그는 건강하고 멋진 남자였습니다. 하지만 아침부터 동네 사람과 거친몸싸움을 하는 걸 보니 위험하게 느껴지기도 해서 테레사는 어쩐지 그의 배에 오르는 게 겁이 났죠. 그래도 테레사는 여기서 물러나고 싶지 않았어요. 기회를 놓치고 싶지 않았죠.

단둘이 조그만 배 위에서 짧은 항해를 했습니다. 안전하다고 느꼈고, 자유롭다고 느꼈습니다. 세상의 모든 여자들이 바라는 행복의 총합일 거예요. 테레사는 몰래 자신의 재킷을 놓아두고 갑니다. 다시 보고 싶다는 뜻이죠. 그래서 그날 밤 개릿이 테레사의 재킷을 들고 테레사가 묵고 있는 호텔로 찾아가게 되죠. 다음 날 저녁 식사에 초대받은 테레사는 개릿의 집에서 캐서린의 흔적을 발견합니다. 캐서린은 예술가였어요. 생전에 그녀가 많은 시간을 보냈을 아틀리에가 그대로 있었죠. 식사를 마치고 해변을 산책하고 돌아와 벽난로 앞에서 두 사람은 각자의 이야기를 털어놓습니다. 테레사는 상처받은 결혼생활에 대해서, 개릿은 캐서린에 대해서요. 이제 두 사람은 서로의 상처를 보듬어주고 새로운 사랑을 시작할 수 있을까요? 개릿은 테레사에게 끌리지만 그녀가 캐서린의 물건을 마음대로 만진 것이 용서되지 않았습니다. 테레사는 아직 캐서린을 놓아주지 못하고 있는 개릿에게 벽을 느낍니다. 개릿의 마음속엔 자신이 들어설 공간이 없는 것 같았죠.

테레사가 병 속에 편지를 담아 보낸 남자를 만나기 위해 떠난 휴가에서 돌아온 지도 여러 주가 흘렀습니다. 바쁜 일상은 두 사람을 제자리로 돌려놓은 듯했습니다. 하지만 문득문득 서로가 생각이 났고, 어느 날 테레사는 회사에서 개릿의 전화를 받게 되죠.

"나 보러 와줄래요?"

테레사의 한마디에 개릿은 비행기를 타고 시카고까지 날아와 테레사의 아들을 만나고, 테레사의 직장도 방문합니다. 모든 것이 순조롭게 흘러가는 것 같았죠.

테레사의 방에서 둘만의 시간을 보내기 위해 촛불을 켜려던 개릿이 테레사의 서랍을 열기 전까지는 말이죠. 그 서랍 속에서 개릿은 자신이 잘 아는 유리병을 발견했습니다. 그 곁에는 그가 쓴 편지들과 그 편지가 실린 신문 기사도 있었죠. 자신에 대해 알고 있다는 걸 숨긴 채 접근한 테레사가 갑자기 먼 타인처럼 느껴집니다. 화가 나서 밖으로 뛰쳐나온 개릿이 테레사에게 말합니다.

"그 편지는 당신에게 보낸 게 아니야, 바다로, 그녀에게로 보낸 거지."

개릿이 보낸 건 두 통이었는데 테레사는 세 통의 편지를 이야기합니다. 개릿은 자신이 쓰지 않은 나머지 한 통의 편지를 확인하기 위해 테레사의 방으로 돌아갑니다. 그건 캐서린의 편지였습니다.

바다와 모든 기항지의 모든 선박들에게
내 가족 친구들과 낯선 이들에게

이건 편지고 기도입니다. 여행이 내게 커다란 교훈을 가르쳐 줬습니다. 모두들 찾아서 헤매지만 얻지 못하는 걸 난 가졌습니다. 숙명적으로 사랑하도록 맺어진 단 한 사람. 나와 같은 사람이죠. 가진 것은 없어도 부자고 스스로 배우고 길을 닦은 사람. 나의 영원한 안식의 항구. 바람이나 흔들림도 사소한 죽음조차도 이 집을 파괴할 수 없습니다. 내 기도는 세상의 모든 이가 이런 사랑을 알고 그것으로 치유되는 것입니다. 내 기도가 이뤄진다면 모든 죄악과 후회가 사라지고 분노가 끝날 겁니다.

제발 신이시여.

아멘.

캐서린이 이 편지가 든 유리병을 바다로 던지던 그날을 개릿은 똑똑히 기억합니다. 폭풍우가 치던 날이었고, 캐서린은 허약해진 몸으로 바닷가에 비바람을 맞으며 서 있었죠. 개릿이 그녀를 데려와 물기를 닦아주고 따뜻한 이불을 덮어주었지만, 캐서린은 사흘을 못 버티고 세상을 떠나고 말았습니다. 자신을 탓하며 슬퍼한 지 2년 만에 테레사를 통해 그 편지를 읽게 된 셈입니다. 캐서린의 가족들은 개릿을 보면 도둑놈이라고 했습니다. 캐서린의 마음을 빼앗고, 캐서린의 꿈과 미래를 도둑질했다고, 캐서린이 남긴 그림들까지 혼자서 갖고 있다고……. 아주 틀린 말도 아니지요. 뉴욕에서 미술 공부를 하려던 캐서린의 계획이 개릿 때문에 어그러진 것도 사실이고, 임신으로 몸이 허약해진 것도 사실이니까요.

사랑하는 그녀를 지켜주지 못했다는 것이 개릿을 지금껏 괴롭히고 있었습니다. 모든 게 다 자기 탓인 것 같았으니까요. 캐서린이 바다로 던져 보낸 이 편지가 아니었다면 개릿은 그 아픔으로부터 벗어나기 어려웠을 겁니다. 테레사를 통해 온 캐서린의 음성이 그를 구한 셈이죠.

개릿은 캐서린의 그림들을 포장해 처가로 돌려줍니다. 캐서린의 삶을 망친 도둑이라는 누명으로부터 스스로 해방되었다는 의미였습니다. 테레사의 동료가 이런 말을 하더군요.

"상처를 받으면 마음을 닫죠. 상처를 받아들이는 법을 배울 때까지. 와인에 빠진 코르크처럼."

이 말이 참 인상적이었습니다. 상처를 받아들이는 법을 배우지 못해 아직 마음을 닫고 있는 코르크 마개가 꼭 당신을 닮았다는 생각이 들었거든요. 아니, 당신이 아니라 실은 내가 그렇습니다. 상처받기 싫어서 마음을 꼭꼭 닫아거는 데 우리는 무척 익숙하지요.

개릿에게는 짓다 만 캐서린호가 있었습니다. 그 배에 다시 손을 대기 시작한 것은 테레사를 만난 이후부터였죠. 캐서린호의 완성을 앞두고 개릿이 편지를 씁니다. 캐서린에게 편지를 쓸 때 썼던 그 타자기 앞에서.

테레사에게
당신 생각을 많이 하고 있어요.
당신이 없었다면 나는 캐서린의 마지막 메시지를
알 수 없었겠지요.
나는 이 보트에 모든 것을 쏟아붓고 있어요.
25일에 진수식이 있습니다.
당신이 와서 봐줬으면 좋겠어요.

사랑하는 개릿

캐서린호의 진수식 날, 테레사는 먼발치에서 그를 지켜보고, 선물 하나를 놓고 갔습니다. 테레사가 놓고 간 나침반에는 이런 글귀가 새겨져 있었습니다.

"이것으로 늘 위치를 알고 집을 찾아 돌아올 수 있을 거예요."

어디로 가고 어디서 헤매든 개릿은 언제나 캐서린을 향해 돌아왔습니다. 하지만 테레사의 선물을 들여다보는 지금, 그가 항해에서 돌아갈 자리는 캐서린이 아니라 테레사라는 걸, 개릿은 깨닫게 됩니다. 그날 밤 개릿이 캐서린에게 편지를 씁니다. 아마도 작별의 편지겠지요.

그 편지를 먼 바다로 나가 띄워 보내려고 길을 나선 개릿.

하지만 그는 영영 돌아오지 못했습니다. 폭풍우가 치는 바닷속에서 난파된 배를 만난 개릿은 그 배에 타고 있던 일가족 셋을 구하려다 두 명을 구하고 자신은 모르는 여인과 함께 거센 파도에 삼켜지고 말았습니다. 소식을 듣고 달려온 테레사는 캐서린의 아틀리에에서 캐서린의 화구들이 다 치워진 걸 봅니다. 그 자리엔 테레사의 아들 제이슨과 개릿이 함께한 사진들, 테레사가 준 나침반이 놓여 있었습니다. 개릿이 캐서린에게 쓴 마지막 편지는 유리병째 테레사에게 돌아왔습니다.

캐서린에게

당신을 만나 내 삶은 시작됐고 당신을 잃자 끝났다고 여겨 당신 기억을 잡고 있으면 우리 둘이 함께 사는 거라고 여겼지. 하지만 내가 틀렸어. 테레사라는 여자가 다시 사랑할 수 있다는 걸 가르쳐줬어. 고통이 아무리 커도 내가 마음을 열 용기만 있다면⋯⋯.

내가 반만 살아 있다는 걸 그녀가 깨우쳐줬지. 두렵고도 고통스러운 경험이었어. 어젯밤 그녀가 떠난 뒤에야 그녀가 필요하단 걸 알았어. 비행기가 이륙하면서 내 안의 뭔가가 찢겨 나가는 듯했지. 그녀를 잡았어야 했고 그녀를 따라갔어야 했어. 내일은 바람곶이까지 가서 당신에게 작별 인사를 하고 그녀를 찾아가 그녀의 사랑을 얻을 수 있나 볼 참이오.

잘되면 날 축복해주시오. 우리 모두를!

안 된다 해도 생애 두 번의 사랑을 할 수 있었던 나는 축복받은 남자야. 그녀가 내게 준 것이지. 내가 그녀를 당신만큼이나 사랑한다고 말하면 당신도 짐작이 되겠지.

편히 쉬시오, 내 사랑, 개릿

#

당신은 웬 신파냐며 절 놀릴지도 모르겠어요. 하지만 이 이야기가 그렇게 간단한 얘기는 아니에요. 서로 오해를 거두고 마음을 열어 받아들일 준비가 된 그 결정적인 순간 운명의 장난이 두 사람을 어긋나게 만드는 건, 보는 사람의 가슴을 쥐어뜯고 눈물을 빼기 위함만은 아니에요. 바로 거기서 편지의 의미가 탄생하기 때문이에요. 오해를 만들기도 하지만 결국은 하나의 진실을 향해 끝없이 이어지는 편지 말이에요. 테레사가 개릿을 찾아간 건, 개릿이 캐서린에게 보낸 편지에서 사랑을 보았기 때문이지요. 테레사는 개릿도 캐서린도 전혀 모르는 타인이지만 떠나버린 연인을 향한 거대한 사랑에 압도되어 그들에게 이끌린 것입니다. 그 거대한 슬픔의 자리에 다시 채워질 사랑의 크기에 대한 기대감도 은연중 작용했는지도 모르죠. 잃어버린 것 그 이상을 다시 채울 수 있을 거라고, 개릿과 테레사는 서로에게 기대했을 거예요. 알리바바는 주문을 기억하려고 애썼지요. "열려라 참깨!" 하고 주문을 외면 문이 열리지만, 그 문이 열리는 순간 주문은 날아가버려요. 사랑도 그런 것 같아요.

우리는 날마다 누군가를 잃어갑니다. 가족과 친구와 모르는 이웃들을 잃지요. 한 세기에 한 번 날까 말까 한 천재를 잃고, 이제 연기의 맛을 알았다고 말한 선량한 눈빛의 배우도 잃었어요. 하지만 완전히 사라지는 존재는 없습니다. 바다와 모든 기항지의 모든 선박들이, 그들의 가족과 친구와 낯선 이들이 떠나간 이들이 남긴 편지를 받지요. 메시지는 그것이 필요한 사람에게 반드시 배달되는 법이니까요. 그리고 우리는 그 편지들에 답장을 써야 해요. 우리의 삶은 바다와 모든 기항지의 모든 선박들에게, 가족과 친구와 낯선 이들에게 매 순간 띄워지는 편지입니다. 당신이 겪은 상실이 무엇이든 그 경험은 정말 소중한 것이 무엇인지 알게 해주었을 거예요. 그 얘길 들려주세요. 바다와 모든 기항지의 모든 선박들이, 당신의 가족과 친구와 낯선 이들이 모두 그 이야기를 읽을 수 있도록. 당신이 사랑을 잃고 슬퍼한 그 자리에서 누군가는 다시 사랑을 시작할 용기를 주울 수 있도록.

2017년 10월 19일
다시는 사랑할 수 없다고
말하는 그대에게

**R에게,
사랑에 빠지면
판단력이 흐려져요**

\#
라빠르망

질 미무니, 1997

약혼녀에게 줄 반지를 고르고 있는 남자, 막스. 세 개의 후보 앞에서 망설입니다. 단순하지만 기품 있고 수수하지만 경박하지 않아서 매력적인 첫 번째 반지, 화려하지만 날카로워서 잘못 만지면 다칠 수도 있다는 두 번째 반지, 소박해 보이지만 놀라운 매력이 가득한데 불빛에 비춰 보면 별처럼 타오른다는 세 번째 반지. 막스는 무얼 골랐을까요? 막스의 답은 "세 개 다 마음에 드네요"였어요. 지금은 결정할 수 없으니 생각해보고 다시 연락하겠다며 가게를 나갔습니다.

영화 〈라빠르망〉은 그렇게 시작해요.

#

막스에게는 결혼을 약속한 여자가 있지만 결혼할 때까지는 아직 시간이 남아 있어요. 다시 생각해보고, 망설이고, 놓쳤던 무언가를 찾아볼 시간 말이죠. 어쩌면 이건 모든 남자들의 환상일 거예요. 지금이라도 스쳐 지나간 옛사랑을 되찾을 수 있을지 모른다는 환상, 어딘가에 자신을 진정으로 사랑하는 누군가가 있을 거라는 환상, 그리고 지금 곁에 있는 여자가 자신을 배반하지 않을 거라는 환상 말이죠. 세 개의 반지 앞에서 어느 하나를 택하지 못해 망설이는 막스의 마음속에는 그렇게 세 개의 환상이 자리하고 있었지요.

막스는 2년 전 뉴욕에 일자리를 얻어 파리를 떠났었죠. 거기서 지금의 약혼녀 뮤리엘을 만나 함께 파리로 돌아온 지 두 달쯤 됐어요. 도쿄 출장만 다녀오고 나면 뮤리엘과 결혼해 안정된 경영인의 삶을 누리게 될 겁니다.

그런데 도쿄로 떠나기 직전 사업 차 미팅을 갖던 카페에서 막스는 우연히 옛 연인 리자의 향기를 맡게 돼요. 그녀의 향기가 남아 있는 전화 부스에서 그녀가 흘린 호텔 열쇠를 집어 든 막스. 곧바로 그녀를 뒤쫓지만 그녀는 연기처럼 사라져버리죠. 리자는 뭐가 그리 급한지 카페 밖으로 서둘러 나가다가 넘어져 구두굽이 부러졌지만 뒤도 돌아보지 않고 눈 깜짝할 사이에 가버렸습니다. 그녀의 빨간 구두는 37 사이즈, 막스의 베스트프

렌드인 루시앙의 구둣가게에서 막스가 주문해준 그 구두였습니다. 그때, 막스가 그녀에 대해 알고 있는 건, 그녀가 빨간 구두를 원했고, 발 사이즈는 37이라는 것뿐이었어요.

막스가 리자를 처음 본 것은 2년여 전, 수리점에 맡겨진 카메라의 영상 속에서였죠. 갈색 머리에 검은 눈동자의 여인이 모니터 화면을 가득 채우며 무어라고 말을 하고 있었습니다. 막스는 영상만으로도 그녀에게 마음을 빼앗기지요. 막스는 거리에서 영상 속의 그녀를 발견하고 정신없이 뒤를 따라가요. 그녀는 연극배우였어요. 그녀는 막스가 자신을 뒤쫓고 있다는 걸 알고 있었어요. 그녀는 막스가 루시앙의 가게에 있는 걸 보고 거침없이 거기로 들어가서 37 사이즈의 빨간 구두를 가져다 달라고 했지요. 빨간 구두가 품절되었다고 하자 리자는 구두가 도착하면 연락하라며 메모를 남기고 사라지지요.

메모에는 이렇게 적혀 있었습니다.

"내일 저녁 7시에 카페에서 만나요."

그렇게 시작된 연애였습니다. 리자는 연극을 한 지 1년쯤 됐다고 했어요. 좋았다가 싫었다가 마음이 계속 오락가락한다고 했지요. 막스는 글쓰기를 좋아한다고 했습니다, 절반쯤 써둔 소설이 있다고요. 뉴욕에 일자리가 생길지도 모른다는 얘기도 했습니다. 아직은 어디로 갈지, 무얼 하며 어떻게 살지 모르는 청춘들끼리 인생의 간이역처럼 잠시 서로를 스쳐 지나듯 만나

서 사랑했어요. 그녀가 남긴 향기를 이제 와 강하게 느끼는 것
은, 이제 청춘이 저물고 모호함이 없는 세계로, 안전하고 확고
한 삶으로 들어가는 것에 아쉬움을 느끼는 탓인지도 모릅니다.

약혼녀 뮤리엘이 탑승구까지 배웅해주었지만 막스는 도쿄
행 비행기를 타지 않고 뮤리엘의 시선을 피해 공항을 빠져나와
파리로 돌아갑니다. 그의 주머니 속에는 리자의 호텔방 열쇠가
있습니다. 리자가 전화박스에 두고 간 라파엘 호텔 413호 열쇠
로 방문을 엽니다. 그녀의 방은 텅 비어 있었지만, 세면대에 리
자의 분첩이 놓여 있었고 테이블 위에는 갈기갈기 찢어놓은 신
문 조각이 있었습니다. 그걸 일일이 맞춰본 막스는 리자가 어
느 부인의 사망 사건과 얽혀 있다는 걸 알게 됩니다. 유명한 예
술품 중개 상인 다니엘의 아내가 죽었다는 기사였는데 리자는
이 일과 무슨 관련이 있는 걸까요? 그건 중요하지 않습니다. 죽
은 여인의 장례식장에 가면 리자를 볼 수 있을지도 모른다는
생각만이 막스를 사로잡습니다. 막스는 먼저 카페에 들러 리자
에게 전할 메모를 남겼지요.

"빨간 구두의 아가씨 말이죠? 전해드리죠."

웨이터는 그녀를 기억하고 있었습니다.

루시앙의 차를 빌려 장례식장에 가는 막스. 장례식이 끝날
때까지 리자는 나타나지 않았습니다. 대신 막스는 죽은 여인의

남편인 다니엘의 뒤를 밟았습니다. 그는 열쇠 가게에서 복제를 부탁한 열쇠를 찾고 장미 한 송이를 사서 어느 아파트로 들어가 엘리베이터를 탔습니다. 그러곤 어느 문 앞에 장미와 편지를 놓고 우편함에 열쇠를 넣은 뒤 돌아갑니다. 막스는 남자의 장미는 그대로 두고 편지만 훔쳤습니다.

리자. 당신이 왜 날 떠났는지 모르겠어. 열쇠는 우편함에 넣어뒀어. 마지막으로 한 번만 만나줘. 마지막이야. 연락 기다릴게. 사랑해. 다니엘.

막스는 이 편지를 버리고 리자에게 편지를 써서 리자의 아파트 문 밑으로 밀어넣었습니다.

리자, 파우더를 찾았어. 내일 10시에 뤽상부르 공원에서 봐. 기다릴게. 막스.

루시앙은 막스가 돌아오길 기다리다가 알리스와의 약속 시간을 놓쳤습니다. 루시앙의 여자 친구 알리스는 연극배우입니다. 리자처럼요. 셰익스피어의 〈한여름 밤의 꿈〉에서 헬레나 역을 맡아 한창 연습을 하고 있지요. 다음 날 아침, 낙엽이 휘날리는 뤽상부르 공원에서 막스는 리자를 기다리지만 그녀는 오지 않습니다. 리자가 아직 막스가 남긴 편지를 확인하지 못했나 봅니다.

2년 전 겨울, 이 공원에서 막스는 리자에게 같이 뉴욕으로 가자는 프러포즈를 했었죠. 그때 리자는 답을 하지 않고 동료들과 연극 연습을 하러 가야 한다며 내일 다시 만나자는 말만 남기고 가버렸습니다. 그러고는 약속 장소에 나타나지 않았죠. 막스가 수소문해보니 리자는 그날 아침 이탈리아로 떠났다는 겁니다. 이것이 자신의 프러포즈에 대한 거절이라고 생각한 막스는 상심해서 자기 집에 있던 리자의 물건들을 태워버리고 혼자 뉴욕으로 가버렸죠. 그게 마지막이었습니다.

2년이 지났지만, 왜 아무 말 없이 가버린 건지, 막스는 그 사정이라도 들어보고 싶었습니다. 하지만 리자는 그날도 나타나지 않았습니다. 막스는 리자의 우편함에 다니엘이 넣어두고 간 열쇠를 꺼내어 리자의 아파트에 들어가봅니다. 그런데 그때 누군가가 들어오는 소리가 들렸습니다. 놀란 막스는 벽장에 숨습니다. 리자가 들어와 울기 시작하더니 창문 쪽으로 뛰어갑니다. 막스는 달려가 창문에서 뛰어내리려던 리자를 붙잡았죠. 가까스로 끌어 올리긴 했는데 리자는 막스가 그리던 그 리자가 아니었습니다.

"남의 집에서 뭐 해요?"

빨간 구두를 신은 갈색 머리 리자가 두 명이었다니. 막스는 온몸에서 힘이 다 빠져나가는 것 같습니다.

"내가 리자예요."

막스를 보고 이렇게 말하는 리자는 실은 알리스입니다. 알리스는 루시앙과 사귀고 있는 연극배우로 코앞에 닥친 공연 때문에 스트레스를 받고 있지요. 알리스는 리자의 친구이기도 합니다. 알리스는 리자의 아파트 건너편에서 리자를 훔쳐보곤 했지요. 그러다 리자와 친구가 되었습니다. 어느 날 리자가 막스와 사랑에 빠진 걸 알게 된 알리스는, 리자처럼 되고 싶어 머리 스타일도 바꾸고 연극에도 뛰어들었습니다. 막스가 리자를 보고 첫눈에 반한 것처럼, 알리스에게 막스도 그런 존재였던 거죠.

막스에게 사랑받는 리자처럼 되고 싶었던 알리스. 그녀도 막스처럼 글쓰기를 좋아했습니다.

"책도 읽고 라디오에 나오는 퀴즈도 풀지. 지난주에는 여행 상품권을 탔어."

알리스는 라디오 프로그램에서 경품으로 받은 로마행 여행 상품권을 리자에게 양보했습니다. 다니엘의 집착 때문에 괴로워하는 리자를 위로하기 위해서라지만 한편으론 막스와 다시 만나지 못하게 하려는 의도도 담겨 있었습니다. 2년 전에도 알리스는 리자를 막스에게서 떼어놓았죠. 리자가 갑자기 이탈리아로 공연을 떠나게 되면서 막스에게 전해달라고 맡긴 편지를 알리스가 가로챘던 거예요.

자신이 쫓던 리자가 자신이 그리던 그 리자가 아니고 다른 리자라는 걸 받아들일 수밖에 없는 막스. 그는 다시 도쿄행 비행기를 예약했습니다. 여행사에서 나오는 길에 막스는 리자의 아파트 열쇠를 하수구에 버립니다. 그때 막스의 등 뒤에서는 리자가 로마행 비행기 시간을 바꾸기 위해 여행사로 들어가고 있습니다. 그렇게 두 사람은 절묘하게 서로를 엇갈립니다.

알리스는 왜 리자의 아파트에서 리자 행세를 하고 있었을까요? 그건 알리스가 루시앙에게서 막스의 얘길 들었기 때문이죠. 막스가 리자를 찾아올 걸 알았기 때문입니다. 리자는 지금 다니엘을 피해 다니는 처지이니 아파트에서 마주칠 염려도 없었죠. 문제는 다니엘이 리자의 아파트를 몰래 지켜보고 있었다는 겁니다. 리자 아파트의 창가에 막스가 서성이는 걸 본 다니엘은 마음속에 불같은 질투심을 품지요.

막스가 카페 웨이터에게서 맡겨둔 메모를 리자가 전해 받을 때, 막스는 리자의 아파트 열쇠를 버렸던 하수구 앞에서 쩔쩔맵니다. 그걸 도로 주우려고 끙끙거리는 막스. 다른 리자가 살고 있는 그 아파트에 왜 또다시 가보고 싶어진 걸까요? 이번엔 정말 도쿄행 비행기를 타긴 타는 걸까요? 막스는 역시 이번에도 비행기를 놓치게 됩니다. 루시앙이 오늘 밤 알리스의 공연에 같이 가달라고 부탁하는데 그걸 외면할 수 없었지요. 루시앙과 함께 객석으로 들어오는 막스를 보고 놀란 알리스. 공연은 엉망이 되어버리고 맙니다.

아직 아무것도 모르는 막스는 리자의 아파트로 가서 리자를 기다립니다. 정확하게는 자신이 리자라고 말하는 알리스를 기다리고 있지요. 그날 밤 공연을 망치고 상심한 알리스는 루시앙과 함께 있었고 막스는 리자의 아파트에서 알리스를 기다렸습니다. 다음 날 아침, 막스가 루시앙에게 전화를 걸어 말했습니다.

"밤새 기다렸는데 안 와."

알리스는 막스가 자기를 기다리고 있다는 걸 알고 서둘러 리자의 아파트로 갑니다. 막스는 돌아온 그녀에게 빨간 구두를 선물합니다. 그런데 발이 안 들어가네요.

"난 39 사이즈야."

그날 카페에서 사라진 리자와 지금 자신의 눈앞에 있는 리자가 동일 인물이 아니라는 사실이 그렇게 드러났습니다. 결국 알리스의 거짓말이 다 밝혀졌습니다. 그녀를 비난하는 막스에게 알리스가 말합니다.

"그 여자에 대해 뭘 아는데요? 전부터 당신을 사랑했을 수도 있죠. 찾아다녔을 수도 있고요. 어쩌다 보니 방법이 잘못된 거죠. 사랑에 빠지면 판단력이 흐려져요."

알리스는 막스에게 자신의 일기장을 건네고 자리를 떠납니다. 알리스에게서 지난 일들을 모두 고백받은 리자는 차분히 그녀를 위로하며 로마행 티켓을 돌려줍니다. 이번엔 알리스가 떠날 차례네요. 그런데 이번에도 길은 엇갈립니다. 리자가 뤽상부르 공원에서 막스를 기다리는데, 막스는 알리스를 찾아 공항으로 달려갑니다. 알리스의 일기장에 새겨진 그녀의 진심 어린 사랑에 마음이 열린 것이죠. 막스를 기다리다 아파트로 돌아간 리자. 거기엔 다니엘이 기다리고 있었습니다. 바닥에 휘발유를 쏟아놓은 채로. 공항에서 막스와 재회해 뜨겁게 포옹한 알리스는 짐을 찾아오겠다며 돌아갑니다. 하지만 그녀는 막스에게 돌아가지 않고 출국 수속을 밟습니다. 그녀를 뒤쫓아 오던 막스. 그때 그의 눈앞에 약혼녀 뮤리엘이 나타나지요. 어느새 막스가 출장에서 돌아올 때가 된 것입니다. 알리스는 알리스의 길로, 막스는 뮤리엘의 품으로. 그렇게 영화는 끝이 납니다.

#

네, 무척 복잡한 애깁니다. 저는 이 영화를 네 번 보았지만, 볼 때마다 과거와 현재가 헷갈렸고, 복잡한 감정선도 제대로 이해하질 못했습니다. 과거의 여자 리자는 답답했고, 현재의 여자 알리스는 무서웠고, 약혼녀 뮤리엘은 멍청해 보였습니다. 남의 편지를 마음대로 빼돌리는 사람들에게 화가 났고, 제때 도착하지 못하는 편지들 때문에 속이 탔습니다. 과거의 여자가 남긴 향기에 정신을 못 차리고, 새로 나타난 사랑 앞에선 망설이고, 손에 쥔 여자에겐 무심한 그가 미웠습니다. 하지만 그것이 남자이고 인간이라는 것만은 분명합니다. 우리의 삶은 시간과 사람들과 감정들 사이를 미끄러질 뿐, 무엇도 완전하게 이해하지 못하고 그 어떤 상황도 완벽하게 장악하지 못합니다.

오해와 충돌 사이에서 그 모든 혼란을 잠재워줄 편지들이 있었지만 그것을 일부러 외면하거나 흘리거나 놓치거나 하면서 미끄러지듯 나아갑니다. 막스가 리자와 간발의 차이로 엇갈리는 순간들은 안타깝지만, 그의 무의식이 그 엇갈림을 원했다는 것을 알고 있습니다. 세 여자가 모두 자신을 간절히 원하고 있다는 환상 속에서 하나만을 선택해야 하는, 결코 맞닥뜨리고 싶지 않은 순간의 끝까지 마음껏 방황하고 싶은 막스에게서 나는 나를 스쳐 간 연인들을 보고 또한 나 자신을 봅니다. 지금 이 순간에 이르기까지, 여러 편의 영화와 그 속의 편지들 속에서도 참 많이 방황했습니다.

영화를 보고 편지를 쓰기 시작하며 즐겁게 떠들어낸 이야기보다 일부러 외면하고, 미루고, 놓쳐버린 이야기들이 더 많았습니다. 당신도 알고 있을 거예요. 내게서 미끄러지듯 빠져나간 이야기들을 언젠가 당신이 들려줄 것을 기대해봅니다.

2017년 11월 12일
내 편지를 읽는 당신에게

part 5

정말

고마웠어요

**T에게,
빈집에 들어와
아무도 없는 줄 알면서도**

\#
블랙

산제이 릴라 반살리, 2009

아무도 청탁하지 않았고 누구도 독촉하지 않는 글이 가장 중요한 글입니다. 그걸 여태 쓰지 못했습니다. 그래서 선생님께 편지 한 통 보내지 못했습니다. 그리고 이제는 편지를 쓰려 해도 편지를 어디로 보낼지 알 수 없는 처지가 되어버렸습니다. 모교는 여전하나 학과는 사라졌고, 선생님도 어느새 정년퇴직하신 모양입니다.

저를 아는 그 누구도 제게서 예측하거나 기대하거나 바라지 않은 길을 삐딱하게 비칠비칠 걸어온 저는 2월이 돌아올 때마다 골똘히 당황합니다. 엄동설한에 어디서 저런 고운 꽃들이 쏟아져 나오는지 볼 때마다 놀라워하면서요. 교문 밖으로 쏟아져 나오는 졸업생들의 밝은 얼굴, 경쾌한 발걸음은 해마다 보는 기적입니다. 그들의 속사정은 그리 밝지도 경쾌하지도 않을 거란 걸 압니다. 하지만 그들이 내뿜는 이산화탄소마저도 피톤치드 가득한 소나무숲 향기처럼 신선하기 짝이 없다 느끼며 부러워하니 저도 이젠 나이를 먹은 게지요.

딱 3년, 또 딱 4년. 3월 입학, 2월 졸업. 이렇게 정해진 교육과정 시스템이 그런대로 좋은 것이라는 생각이 문득 일어납니다. 그 옛날에는, 사람이 다 다른데 어떻게 전부 같은 기간에 똑같은 걸 배우라고 하냐고 불만을 쏟아내던 저였는데 말입니다. 본의 아니게 인생대학 결혼학부 며느리학과에서 한 10년 구르다 보니 이렇게 되었습니다. 비혼학부 돌싱학과로 전과를 고려해볼까 싶은 생각도 종종 했는데 그 행정 절차가 여간 복잡한 게 아니더군요. 담당하는 분들도 며느리학과에서 상담을 요청하면 약속이나 한 듯이 죄다 표정부터 딱딱해지던데요. 며느리학과 소속 학생 대응 매뉴얼이 따로 있거나 대학 구성원들 사이에 조직적, 정기적으로 대처 교육이 이뤄지고 있는 게 분명하다 싶을 정도입니다. 총여학생회를 이용해서 결혼학부 자체를 폐지하자는 운동을 벌여볼까 생각도 했는데 학원가부장화위원회의 위세가 등등한 데다 시어머니학과의 협조가 전무하니 생각만으로도 골치가 아프고 기운이 빠집니다. 그나마 위안이 되는 건 무허가 여행 동아리에서 가끔 여행을 간다는 것뿐입니다. 그것도 결혼학부의 학사 일정에 차질을 주지 않는 범위 안에서만 가능한 거긴 하지만요.

선생님 그늘에서 철없이 놀던 그 시절이 아련합니다. 어리바리하던 신입생 시절이 반짝, 하고 지나가고, 후배가 생기면 선배 노릇도 좀 하고, 졸업이 가까워지면 애늙은이처럼 에헴, 하면서 없는 수염도 만질 듯 어른 흉내를 내기도 했는데 말이죠. 많이 차이 나봤자 두세 살 차이의 또래 친구들이었는데 학번이며 나이를 따져가며 도토리 키재기를 했었네요.

그래도 그때는 캠퍼스에 다섯 번째 봄이 오기 전에 떠날 수가 있었습니다. 그런데 지금은 그걸 알 수가 없습니다. 학기가 무한대로 증식합니다. 하지만 이것도 끝은 있을 텐데요, 그게 언제인지 알 수 없습니다. 마감이 없어 못 쓰는 글처럼, 인생도 언제 졸업일지 알 수 없어서 우물쭈물 망설이기만 하다 끝나버리는 건 아닐까……. 밤늦은 시간, 빈집에 들어와 아무도 없는 줄 알면서도 방문을 열어 그 안에 웅크린 어둠을 확인할 때처럼, 쓸쓸한 기분이 됩니다.

#

레슨 1. "교수님이 다 뭐냐, 선생이다, 그냥 선생!"

레슨 2. "책에 다 있다. 책에! 공부는 책 보고 혼자 하는 거고, 선생하고는 술이나 마시는 거지."

선생님이 가르쳐주신 문학이며 역사며 철학이며 어려운 이야기는 "다" 잊었습니다. 그래도 이 두 가지 가르침은 생생하게 남아서 지금도 제 귓전을 울립니다. 저는 사회초년병 시절부터 어른을 그다지 어려워하지 않는 편이었는데, 어쩌면 선생님께서 허물없이 대해주신 덕분인지도 모릅니다. 그런데 갑자기 둔기로 뒤통수 한 대 맞은 것 같은 이 느낌은 뭐죠? 그때 선생님 연세가 지금 제 나이와 무척 가까운데요? 그때 저는 선생님이 꼬장꼬장 늙었다고 생각했는데요. 세월이 무상하다는 말의 의미가 이런 것이었나요.

요즘 20대 젊은이들 눈에 제가 어떻게 보일지 이제야 실감나는군요. 심술맞게 늙은 아줌마로, 절대 말 걸고 싶지 않은 유령 같은 존재로 비치겠지요. 어느 자리에서도 자기 자신으로 서지 못하고 누구 아내, 누구 며느리, 누구 엄마로, 무대의 복판에 서지 못하고 주변만 맴도는 유령. 젊은 날에는 파도처럼 덮쳐 오던 주변의 관심과 사랑이 썰물처럼 밀려 나가고 다시는 밀물을 맞이하지 못한 텅 빈 갯벌 같은, 외로운 땅이 여자의 중년입니다. 그 텅 비고 메말라가는, 땅도 아닌 땅에서는 삼킬 수 있는 게 어둠밖에 없지요. 그 어둠을 조금씩 조금씩 받아들이

다가 자기도 모르게 어느새 어둠 그 자체가 되어버린 어떤 사람을, 저는 이해할 수 있습니다. 제게 선생님이 계셨듯 그 사람에게도 "너한테 필요한 것은 책에 다 있다"고 말해주는 한 사람이 있었다면, 어둠과 그다음에 오는 어둠의 틈에서 빛을 찾아낼 수도 있었을까요.

#

누군가에겐 처음부터 어둠만이 온 세계일 수도 있었습니다. 2005년에 개봉한 산제이 릴라 반살리 감독의 영화 〈블랙〉을 보셨는지요. 말하지도 듣지도 못하는 미셸이라는 여인이 누군가에게 편지를 쓰며 자신이 살아온 이야기를 들려주고 있습니다. 두 살 때 병을 앓고 청각과 시각을 잃어버린 미셸. 엄마는 딸을 보며 눈물짓고 있습니다. 아빠는 짜증이나 내고요. 듣지도 보지도 못하는 완벽한 암흑 속에서 소녀는 자랄수록 난폭해져갑니다. 아빠의 재력과 엄마의 사랑이 그 난폭함을 견뎌주었죠. 때려 부수고 소리 지르는 건 자기 존재를 확인하려는 필사적인 몸짓이었습니다. 미셸의 집은 완벽하게 봉인된 세계였어요. 아빠가 미셸의 존재를 숨기고 싶어 했거든요.

하지만 어떤 아이에게나 가족 바깥의 세계를 필요로 하는 때는 반드시 오기 마련이어서 엄마는 농아학교에 도움을 청하는 편지를 썼습니다. 미셸을 위해 선생님을 보내달라고요. 그래요, 헬렌 켈러 얘기 맞습니다. 이 영화는 인도의 할리우드 따라잡기 프로젝트 같습니다. 불가능을 가능하게 하는 인간의 인내심과 도전 정신에 관한 얘기이기도 하고요. 타인에 대한 헌신의 가치를 보여주는 영화이기도 합니다. 하지만 제게 이 영화는 무엇보다 편지의 영화입니다. 인간들의 간절한 소망이 끊임없이 쓰여지고 전해지고 이어지는 것, 그것만이 존재의 이유이고 목적인, 편지의 영화입니다.

미셸의 엄마가 보낸 편지를 멀리 떨어진 농아학교의 네어 부인이 받았습니다. 부인은 그 편지를 사하이 선생에게 줍니다. 이 편지가 사하이 선생에게도 마지막 희망이라면서요. 아마도 학교가 망해서 사하이 선생에게 새 일자리가 필요했던 모양입니다. 사하이도 시각 장애가 있었는데 얼마 전 수술을 받고 이제 막 빛에 적응하는 중입니다. 미셸처럼 두 겹의 장애가 있었던 여동생을 요양원에 보낸 상처를 품은 사하이는 알코올 중독자였습니다. 미셸의 아빠는 그런 그를 못미더워하지요. 간신히 20일간의 기회를 얻어내긴 했지만, 그 안에 무슨 성과를 보여줄 수 있을지 알 수 없습니다. 미셸의 선생이 된 첫날부터 사하이는 편지를 쓰더군요. 자신을 이곳으로 보내준 네어 부인에게 매일매일 그날의 일들을 써서 보냅니다. 듣지도 보지도 못하는 여덟 살 아이와 온종일 씨름하고 나면 녹초가 될 텐데 그래도 그는 남은 힘을 쥐어짜내 편지를 썼습니다. 위로와 격려가 필요한 일들이 날마다 새롭게 일어나고 있었기 때문일 겁니다.

20일간의 전쟁이 끝나고 미셸이 엄마 품으로 돌아가던 날, 사하이와 미셸은 분수대에서 한바탕 전쟁을 치렀습니다. 그리고 미셸은 벼락처럼 '워터'의 의미를 깨닫지요. 사물에게 각각 이름이 있다는 걸 비로소 알게 된 그 마법의 순간, 미셸에게 의미의 세상이 열리던 그 순간을 우리는 잘 알고 있습니다. 헬렌 켈러와 설리반 선생의 실화에서 익히 읽고 들어서 잘 알고 있는 장면인데도 이 영화는 기어이 제 눈에서 눈물을 뽑아내었습니다. 그날도 사하이 선생은 편지를 쓰더군요.

"네어 부인께. 당신이 기뻐할 소식이 있습니다. 제가 드디어…… 드디어…….""

그 승리의 편지를 사하이 선생은 끝맺지 못합니다. 사물마다 이름이 있다는 걸 가르쳐놓았으니, 이제 여덟 살 여자아이가 알고자 하는 걸 다 가르쳐주려면 사하이 선생이 열두 번 다시 태어나도 모자랄 겁니다. 가슴이 벅차기도 하고 앞일이 막막하기도 하겠죠.

더구나 미셸은 '인문학'을 공부하고자 했습니다. 대학 입학 면접에서 면접관들이 미셸에게 물었습니다.

"왜 공부를 하려고 하는 거죠?"

미셸이 답했습니다.

"당당하게 독립적으로 살아가기 위해서요."

면접관들이 또 묻습니다.

"당신에게 지식은 어떤 의미죠?"

미셸이 대답합니다.

"지식은 전부예요. 지식은 정신이고, 지혜, 용기, 빛, 소리예요. 성경이자 하느님이고 나의 선생님입니다."

이 대답에 면접관들이 합격을 의미하는 박수를 쳤고 사하이의 눈시울은 붉어졌습니다. 그러나 선생님도 아시지요. 어떤 일이 그의 '전부'가 된다는 것은 참으로 위험한 일입니다. 세상에 영원히 그대로 존재하는 것은 없으니까요.

아니나 다를까 미셸의 전부인 사하이 선생에게 문제가 생깁니다. 기억이 사라지기 시작한 겁니다. 사하이 선생은 조급해집니다. 미셸이 시험에서 자꾸 낙제하는 건 답을 몰라서가 아니라 주어진 시간 안에 답안지를 완성하지 못해서였거든요. 지칠 대로 지친 미셸은 포기하려 합니다.

"필요 없어요. 제 세상은 여전히 블랙이에요."

사하이는 포기하지 않습니다.

"아니야, 빛이야."

블랙이던 미셸의 세상이 빛으로 가득 차려면, 바깥세상과 소통할 수 있어야 합니다. 주어진 문제에 대해, 타인이 이해할 수 있는 방식으로, 정해진 시간 내에 자신의 답을 스스로의 힘으로 써내는 것. 그래요, 이 능력을 갖추도록 돕는 것이 바로 교육이 아니겠습니까. 거기까지 배우면 누구라도 세상을 독립적으로 살아갈 수 있습니다. 사하이가 미셸 곁에 있어야 하는 이유도 그걸 가르치기 위해서였습니다. 그런데 두 사람 사이에 또 다른 문제가 생겨났습니다. 사하이 선생이 대답해줄 수 없는 것을, 미셸이 묻는 날이 온 것입니다.

"저를…… 사랑하세요?"

"난 떠난다. 지팡이만큼이나 절대로 잃지 말아야 할 게 있어. 어둠이 필사적으로 널 집어삼키려 해도 항상 빛을 향해 가야 한다는 것. 희망으로 가득 찬 네 걸음걸음이 날 살게 할 거야. 미셸."

#

그렇게 미셸의 곁을 떠난 사하이는 수십 년 뒤, 아무것도 기억하지 못하는 중증 알츠하이머 환자의 모습으로 돌아왔습니다. 돌아온 그는 사하이를 만나기 전 미셸과 꼭 같았습니다. 아무 말도 못 했고 어떤 단어도 이해하지 못했지요. 그런 그에게 미셸이 다가가 의미의 세계를, 단어들을 가르치기 시작합니다. 사하이가 미셸을 가르치면서 편지를 썼던 것처럼 미셸도 편지를 시작합니다.

"네어 부인께. 오늘 선생님이 첫 단어를 기억해내셨어요.

'워터'."

편지로 시작한 영화는 편지로 마무리됩니다. 눈물 없이는 읽을 수 없는 편지들 말입니다. 미셸도, 사하이도 블랙의 세상에서 빛을 향해 나아갈 때 처음 터진 단어가 '워터'였습니다. 그들이 '워터'를 발음하는 순간, 객석의 모두가 눈물을 흘렸습니다. 편지는 눈물이고 눈물은 편지입니다. 세상을 담는 눈동자를 덮고 있던 눈꺼풀 틈 사이로 가득 고였다가 툭 하고 떨어지는 그 특별한 워터. 그 한 방울에 담긴 사연은 모두 누군가를 향한 편지입니다. 편지는 쉽게 구겨지고 찢어지는 종잇조각에 불과하고 눈물은 쉽게 사라지고 맙니다. 그러나 이 편지들과 눈물들이 있는 한, 우리는 희망을 품을 수 있지 않을까요? 편지들은 어디로든 보내지고, 어디에든 간직되며, 읽는 이의 마음을 열고 쓰는 이의 마음을 붙잡습니다. 눈물들은 아주 작은 틈과 구멍으로도 스며들어 커다란 변화의 싹이 됩니다. 그 한 방울 한 방울은 강물의 길을 열고 대양까지 우리를 이끌 것입니다.

#

T선생님. 졸업 후 안부 전화 한번 제대로 못 드린 못난 제자지만, 가끔 학교와 선생님 원망을 했던 적이 없다고는 말 못 하겠습니다. 가르쳐주지 않은 것이 너무 많다고 생각했거든요. 정말 필요한 것은 하나도 못 배워가지고 나왔다고 한탄도 많

이 했습니다. 어쩌면, 선생님은 가르칠 수 있는 게 없다는 걸 아셨던 것입니까? "책에 다아아 있다"는 말씀이 그런 의미였습니까? 가슴속에서 솟구치는 질문이 없으면, 답을 찾을 수 없다는 것을, 스스로 부딪쳐 상처 입지 않으면 배움이라는 연고를 쓸 수 없다는 것을 늦된 제자가 너무 나중에 알았습니다. 이젠 선생님께 스승의 날에 편지할 수 있을 것 같습니다. 강의 평가나 제자들의 취업률 따위에는 전혀 신경 쓰지 않으시고, 학자로서 본인의 학문에만 오롯이 열중하신 선생님께 감사드린다고요. 사실 가끔 소식이 궁금할 때면 검색도 해보았습니다. 선생님께서 쓰신 책이 등장하기도 하고 학술 면 기사가 나오기도 했으며 교수들의 시국성명서에서 이름을 확인하기도 했습니다. 저는 그것이 제자들에게 보내는 선생님의 편지라고 생각합니다. 가르치지 않음으로 가르쳐주시고, 정말 중요한 것은 누구에게서도 배울 수 없다는 걸 알려주시고, 졸업하던 날 졸업 가운을 입고 모여 앉은 우리들 앞에서 "미안합니다" 딱 한 마디 남기신 선생님께 뒤늦게 인사를 전합니다.

고맙습니다, T.

2017년 2월 24일
지도의 불가능을 지도하신
지도교수님께

S씨에게,
때로 열정의 각도가
어긋나 헤어지더라도

\#
쇼생크 탈출
프랭크 다라본트, 1995

안녕하세요, 국정 농단 사태를 규명하기 위한 국회청문회에 우병우 민정수석이 출석한 것을 보면서 이 편지를 시작합니다. 저 청문회가 끝나기 전에는 끝인사를 해야 할 겁니다. 오늘 저녁 송년 모임에 얼굴 들고 나가려면 반드시 그래야만 합니다.

　지금 제 무릎 위에는 얀 마텔의 책이 올려져 있습니다. 세계적 베스트셀러 『파이 이야기』로 우리에게도 잘 알려진 작가입니다. 그가 캐나다 수상 스티븐 하퍼에게 쓴 편지글을 모은 책을 번역한 『각하, 문학을 읽으십시오(101 Letters To a Prime Minister)』(작가정신, 2013)를 조금 전까지 읽다가 무릎에 올려둔 채 이 글을 시작했습니다.

작가는 2007년 4월 16일부터 2011년 2월 28일까지 캐나다 수상에게 격주로 편지와 책을 보냈다고 합니다. 하지만 수상은 작가가 보낸 책과 편지에 아무런 반응을 하지 않았다더군요. 작가는 수상의 보좌진들을 통해 이름이 이니셜로 표기된 공식적인 답장만 일곱 번 받았다고 했습니다(이 답장들은 책에 모두 수록돼 있습니다). 작가는 이 책의 한국어 판을 위해 서문을 따로 썼는데 "대한민국 대통령 박근혜 님께, 캐나다 작가 얀 마텔이 드립니다"라는 제목이 굵은 글씨로 박혀 있습니다. 이 정도면 청와대 참모진이 구입해 청와대 서가에 비치해두고 대통령께 권하지 않았을까 싶은데 박근혜 대통령이 얀 마텔의 편지를 읽었을 거라고 기대하지는 않는 것이 좋겠지요. 작가도 답장을 기대하고 쓴 서문은 아니었을 겁니다.

이 책을 펴 들자마자 영화 〈쇼생크 탈출〉의 앤디가 생각났습니다. 〈쇼생크 탈출〉은 스티븐 킹의 소설 『리타 헤이워드와 쇼생크 탈출』(황금가지, 2010)을 원작으로 만든 걸작이지요. TV에서 가끔 이 영화를 틀어줄 때마다 넋을 놓고 쳐다보게 됩니다. 어디서부터 봐도, 아무리 봐도 지루하지가 않은 영화죠. 영화가 생략한 부분들을 소설 속에서 읽는 재미도 무척 쏠쏠합니다.

\#

　이 이야기의 주인공은 1948년 살인 누명을 쓰고 종신형을 선고받아 쇼생크라는 끔찍한 교도소에 갇힌 앤디라는 젊은 은행가입니다. 교도소 안에서 세탁부로 노역하던 그는 우연한 기회에 자신의 재무 관리 능력을 간수들을 위해 발휘하게 되어 세탁 노역에서 벗어납니다. 도서실 담당자 브룩스가 가석방되던 1952년에 사서 일을 시작한 그가 제일 먼저 한 일이 무엇인지 아십니까. 바로 죄수들이 쓰는 편지를 살펴보는 일이었습니다. 도서실 문 옆에 건의함을 설치하고 거기 담긴 죄수들의 편지를 하나하나 검토했지요. 죄수들이 진지하게 알고 싶어 하는 것이 무엇인지를 파악한 그는 뉴욕의 큰 북클럽에 편지를 보내 관련 책들을 싼값으로 사들일 방안을 찾았고, 2년 후부터는 주 의회에 매주 도서관 기금을 요청하는 편지를 띄우기 시작합니다.

　앤디를 통해 비자금을 조성하고 있던 교도소장은 앤디가 쓰는 이 편지들을 부쳐주기는 했지만 우푯값은 부담해주지 않았다고 합니다. 그렇게 한 지 8년 만에 앤디 앞으로 200달러짜리 수표와 함께 책과 레코드판 등이 담긴 몇 개의 상자가 도착합니다(이때 앤디의 희열은 모차르트의 '편지 이중창'이 흘러나오는 명장면으로 표현되었습니다).

주 의회가 앤디에게 보낸 8년 만의 답신에는 이제 이것으로 만족하고 더 이상 편지를 보내지 말라는 말이 적혀 있었지만 앤디는 오히려 더욱 힘을 내어 매주 한 통 보내던 것을 두 통으로 늘려 끊임없이 편지를 썼습니다. 모르긴 해도 편지 내용도 훨씬 더 길어졌을 게 뻔합니다. 그들의 작은 도움으로 어떤 자료를 사들였는지, 그 책들이 쇼생크의 죄수들에게 어떤 변화를 불어넣었는지, 편지에 쓸거리는 차고 넘쳤을 테니까요.

#

저는 잠시 그 편지들이 책으로 묶여 나오는 상상을 해봅니다. 2년 후에 앤디는 400달러 수표를 받았고, 다시 몇 년이 흐르자 매년 700달러라는 예산을 책정받기에 이릅니다. 1971년에는 그 예산이 1000달러로 인상되었습니다. 처음 이 일을 시작했을 때, 앤디는 자신을 비웃는 교도소장에게 이렇게 말했다지요.

"콘크리트를 바른 지붕에 매년 한 방울의 빗방울이 떨어지는데 그것이 백만 년 동안 계속된다면 어떻게 될까요?"

그런데 저도 잘 모르겠습니다. 국회청문회 중계방송을 틀어놓고 얀 마텔이 캐나다 수상에게 격주로 보낸 편지를 읽다가 〈쇼생크 탈출〉 속 앤디의 편지를 생각하다 왜 갑자기 당신의 얼굴이 떠올랐는지, 왜 갑자기 이 편지를 쓰고 있는지 말입니다.

15년쯤 전, 꼭 이맘때였던 것 같습니다. 당신이 저에게 첫 편지를 보냈던 것 말입니다. 당시 저는 모 방송국의 라디오 제작부에서 일요일 스페셜 프로그램을 맡고 있었습니다. 흘러간 옛 가요에 얽힌 이야기를 만담이나 콩트 형식으로 전했던, 장년층을 위한 프로그램이었지요. 그때 받은 수많은 편지 중에서 왜 하필 당신의 편지에 응답하게 되었는지는 기억이 잘 나지 않습니다. 당신이 보낸 여러 통의 편지 끝에 남겨져 있던 전화번호에 이끌리듯 전화를 걸었을 때, 우리는 곧바로 만나기로 약속을 잡았지요.

지하철역 옆, 좁은 계단을 올라가 창가 자리에 앉았던 그 커피숍 풍경이 아련히 떠오릅니다. 커피잔을 들던 당신의 손이 살짝 떨리던 것까지요. 그날 후로 당신은 편지 쓰기를 그만두고 매주 전화를 했습니다. 이번 주 방송에서 잘된 점, 아쉬운 점을 꼼꼼히 짚어주고, 다음 주 아이템에 대한 아이디어와 거기 필요한 자료들까지 제시해주었죠. 저는 당신이 밤새 전축과 카세트 플레이어를 연결하여 녹음했을 테이프를 받으러 종종 그 커피숍으로 가서 당신을 기다리곤 했습니다.

옛 가요 프로그램에서 손을 놓은 지 오래지만 지금도 이 노래는 기억하고 있습니다. 진송남의 〈시오리 솔밭길〉이라는 노래 말입니다. 어느 가을날 저는 이 노래에 얽힌 사연을 짤막한 콩트로 만들었습니다. 노래의 주인공인 순이의 사연을 상상해

각색한 짧은 콩트가 방송되던 날, 당신은 몹시 감격했던 모양입니다. 경북 한 산골에 어린 딸 순이와 단둘이 살던 여인이 어느 날 딸에게 말하지요. 이제 여덟 살이 되었으니 학교에 다녀야 한다고. 그때 순이가 이렇게 말하는 대목이 있었습니다.

"진짜가? 우리 집에는 쌀도 없고, 돈도 없는데 나도 학교 가도 되나?"

당신은 그 대사가 어찌나 가슴에 와 박히던지, 잠도 이루지 못했다고 했습니다. 그 말을 하던 당신의 목젖이 죄어드는 느낌까지 고스란히 전해지던 그 전화 목소리가 지금까지도 제 귓가에 쟁쟁합니다.

그날 당신은 비로소 털어놓았지요. 가난해서 배우지 못했던 어린 시절, 그리고 가수가 되고픈 꿈을 마음 한편에만 간직해야 했던 젊은 날의 사연을요. 공장 점퍼 아래로 헐렁한 코르덴 바지를 입은 당신. 유난히 손마디가 굵었던 당신의 모습이 떠오릅니다. 노래에 대한 꿈을 가슴 깊이 간직한 당신은 각종 전기 제품을 수리하는 조그마한 전파상을 운영하고 있는 것 같았습니다. 온갖 종류의 오디오를 친구 삼아 밤을 지새운 세월이 얼마였을지, 아마도 그런 당신 때문에 부인께선 속깨나 끓였을 거라는 걸 알 수 있었습니다.

하지만 당신이 신고 있던 검은 구두가 늘 반질반질한 것을 보면서, 아침마다 아버지의 구두를 닦아드리는 착한 아들이 당신에게 있음을 눈치챌 수 있었습니다. 그래서 저는 당신에 대한 일말의 경계심마저 내려놓을 수 있었지요. 어쩐지 저에게는 늙은 아내와 다 자란 자녀와 함께 살고 있는 남자에 대한 맹목적인 신뢰가 있습니다.

그리고 그 〈시오리 솔밭길〉 속 '순이'에 대한 이야기에 보여준 당신의 반응에서 더욱 분명히 알 수 있었습니다. 어느 날 라디오에서 당신의 피를 끓게 하는 그 시절의 노래들이 흘러나오기 시작하면서 당신은 반가움과 안타까움 사이에서 숱한 날을 번민하다가 비로소 제게 편지를 보냈던 것이지요. 당신을 만나면서 저는 많은 걸 배웠습니다. 식민지 시대, 가요 작가들이 검열을 피하기 위해 이름을 바꿨던 사연이며, 세 개의 다른 이름이 결국 한 사람을 말하고 있다는 것, 또 인기 있는 가수의 목소리를 모창해 만든 가짜 음반 구분하는 법도 당신이 아니었다면 어디서 배울 수 있었겠습니까.

#

하지만 저는 점차 심드렁해져 갔습니다. 방송 녹음을 마치고 돌아올 때면 집 현관문을 열기도 전부터 울리던(당신이 건 전화는 소리만 들어도 알 수 있었습니다) 전화벨 소리가 저를 피곤하게 했습니다. 잘못 전해지고 있는 우리의 가요사를 바로잡고 싶다는 당신의 사명감 또한 저를 지치게 만들었죠. 제가 가요사

연구에 뜻이 있었다면 달랐을까 싶기도 합니다만, 어쨌든 우리 두 사람 사이에는 약간 어긋난 열정의 각도가 있었습니다.

어느 날 문득 연락을 끊고 사라져버린 제가 많이 미우셨죠. 당신이 제 휴대전화 번호를 묻지 않았다는 것을 이제야 깨닫네요. 이로써 당신과 나는 편지와 유선 전화로만 소통했던 마지막 인연이었다는 또 하나의 의미로 남게 되는군요. 언젠가 연락을 해봐야지, 하던 것이 이렇게 오랜 시간이 흘러버리고 말았습니다. 지금은 당신의 가게 전화번호도 잊히고, 당신과 만나곤 하던 커피숍 자리에는 커다란 빌딩이 들어선 지 오래입니다.

당신이 애써 녹음해서 전해준 테이프들이 저만을 위한 것이 아님을 압니다. 어쩌면 당신의 아들딸에게, 인생의 후배들에게 쓴 편지였지요. "방송은 장난이 아니니 하려거든 똑바로 하라"던 당신의 준엄한 충고가 저를 통해서 세상에 하고 싶었던 당신의 한마디라는 것도 이제는 압니다. 인사도 제대로 못 하고 떠나버린 것은 지금도 서로에게 상처로 남은 일이지만, 이제는 그조차 용서할 수 있는 세월이 흐르지 않았습니까. 어느 한철이나마 당신은 나에게 말을 했고, 제가 그 말을 들었습니다. 접어둘 수 없는 열정을 간직한 어떤 사람의 곁에 제가 잠시나마 있었습니다. 참으로 다행한 일입니다.

지금도 저는 하루에도 수십 통의 메일을 받고, 여러 통의 답 메일을 쓰지만, 그 시절 당신과 제가 만난 것 같은 그런 인연은 쉽사리 다시 오는 것이 아니었습니다. 그동안 당신에게 단 한 번도 편지를 보내지 않았다는 사실이 이제야 아픕니다. 이렇게 늦게라도 편지를 쓸 수 있어서 다행입니다. 당신이 제게 그랬 듯 저도 지치지 않고 편지를 쓰겠습니다. 답장이 와도 좋고, 안 온다 해도 이렇게 말할 수 있는 공간이 주어졌으니 참 감사한 일이지요. 얀 마텔을 생각하고 앤디를 기억하며 쓰고 또 쓰겠 습니다.

　#
　지금 청문회에서는 청와대와 해경 간 통화 내역에 대한 질 문과 답변이 오가고 있습니다. 우리를 경악케 하는 것 중의 하 나는 세월호 참사에 대한 청와대 사람들과 시민들 간의 감정 격차입니다. 〈시오리 솔밭길〉 속 순이의 슬픈 사연에 목젖이 떨 렸던 당신과 그 반응에 어리둥절했던 28세의 저 사이에도 그 런 격차가 있었겠지요. 같은 시대를 살며 같은 공간에서 숱하 게 마주치는 사람들 속에도 가늠하기 어려운 사차원적 격차가 있다는 걸 날마다 실감합니다. 그 속에서 우리는 상대가 주지 도 않은 상처를 받으며 아파하지요. 그걸 치유하는 길은, 이렇 게 편지를 써보는 것이 될 수도 있지 않을까요. 이렇게 상대를 기억하는 시간 속에 서로를 이해하고, 무엇보다 나 자신을 용 서할 수 있습니다.

앤디의 끈질긴 편지가 쇼생크 안에 자유의 노래를 울려 퍼지게 해주던 그 아름다운 장면이 지금도 사람들 사이에 회자되는 것은 언젠가 우리들 사이에도 담장이 무너지고 우리가 새처럼 자유롭게 날아오르는 때가 있을 것을 기대하기 때문일 겁니다. 때론 열정의 각도가 서로 어긋나 헤어지더라도 추억 속에서 우리는 다시 만나 화해할 수 있습니다. 얀 마텔도 시간의 흐름 속에서 언젠가 마음과 마음으로 조우할 어떤 미래를 꿈꾸면서 저 편지들을 쓰지 않았을까요. 세월이 흘러 당신과의 기억이 지금과는 또 다른 의미를 낳기를, 그때 또 이런 편지를 쓸 수 있기를 기대하며 이만 줄입니다. 내내 건강하십시오.

2016년 12월 20일
아날로그 시대의
마지막 친구에게

J에게,
남김 없이
슬퍼하겠습니다

\#
맥베스

저스틴 커젤, 2015

그의 운명을 들려준 목소리는 괴기스러운 차림에 뒤틀린 몸짓으로 이상한 주문을 외며 공포감을 불러일으키는 마녀의 것이 아니었습니다. 그들은 내란 중에 자식과 동생과 조카를 잃은 고통을 지울 길 없는 여인들이었습니다. 호주 출신의 젊은 감독 저스틴 커젤이 2015년에 만든 영화 〈맥베스〉는 셰익스피어의 희곡에 등장하는 세 마녀를 그렇게 현실의 인물로 바꾸어놓았습니다. 맥베스와 그의 아내 또한 오래된 비극 속의 영웅이 아니라 우리 곁에 살아 숨 쉬는 이웃처럼 다가옵니다.

　네, J. 당신이 내 이웃이라고 생각되어 지금 제가 이 편지를 씁니다. 제게 정치인이란 TV나 신문에서나 볼 수 있던, 다른 세상 속의 환영 같은 존재였는데, 이제는 그들이 살아서 움직이는 내 주변의 사람이라는 것을 알겠습니다.

　나는 당신과 만난 적도 없고, 당신도 나를 알지 못하지만, 나는 당신이 애써준 덕분으로 누리게 된 것들과 내 마음을 기쁘게 만든 당신의 노력들에 대해 조금은 알고 있습니다. 이런 정도의 빈약한 호감을 표현하는 말로는 당신에게 내 존재를 각인시킬 수도, 이 편지를 읽게 할 수도 없을 것입니다. 정치가 해결해줄 수 있는 저의 소망에 대해 이야기할 시간을 얻을 수도 없을 테지요. 그걸 불평하는 건 아닙니다. 당신이 들어야 할 중요한 이야기는 차고 넘칠 테니까, 제 목소리 정도는 무시돼도 괜찮습니다. 그 중요한 이야기들이 풀려가는 과정에서 제가 바라던 것들쯤은 절로 이뤄지는 걸 경험한 적이 있기도 하고요. 지난날의 제가 정말 궁금했던 것은, 우리 같은 평범한 사람들이 어느 정도의 고통을 호소해야 당신 같은 정치인들의 발걸음을 멈춰 세울 수 있을까, 하는 것이었습니다.

　　#
　생의 터전을 잃고 황량한 벌판 위를 떠도는 여인들이 맥베스를 오래오래 바라보았습니다. 내란으로 위기에 처한 왕을 위해 싸우는 충성스러운 장군, 맥베스. 그는 이 여인들을 만난 뒤로 단 한순간도 이 여인들이 한 말을 잊지 못합니다. 여인들은 맥베스에게 황야를 떠도는 삶의 고단함을 말하지 않았습니다. 맥베스가 싸우는 동안 자신들이 입은 피해를 보상해달라고도 하지 않았습니다. 여인들은 이런 말만 했습니다. 맥베스, 당신은 곧 새 땅의 영주가 되고 마침내 왕이 될 거라고. 더번의 숲이 성으로 넘어오지 않는 한 당신의 권력은 위태롭지 않을 것이며 여인이 낳은 자는 그 누구도 맥베스를 넘어뜨릴 수 없다고 했습니다.

이 여인들은 목격자들입니다. 맥베스의 아들이 땅에 묻히는 것을 보았고, 자신들이 평생 가꿔온 삶의 터전이 남자들의 전쟁으로 파괴되는 것을 보았고, 어린 생명들이 이유 없이 죽는 것을 보았습니다. 아무에게도 들리지 않는 울음은, 울 가치가 없다는 것을 알고 있습니다. 고통스러운 울부짖음은 외면하기가 쉽지, 귀 기울여 들어주기는 매우 어려운 것입니다. 저도 그랬습니다. 고개를 돌리기가 쉽지, 대면하기는 두려웠습니다. 도저히 광화문 광장을 밟을 수가 없습니다. 횡단보도만 건너도 가슴이 떨리고 속이 울렁거렸습니다. 그 광장에 맺힌 슬픔과 분노를 감당할 수가 없었습니다. 2014년 4월 이후, 제 서울도서관 회원증에 박힌 바코드는 읽힌 적이 없습니다.

영화 〈맥베스〉는 맥베스가 아들의 감은 두 눈 위에 나무껍질을 올려놓는 장면으로 시작합니다. 그에게 무슨 말을 할 수 있겠습니까. 아이의 시신조차 보지 못한 부모들에게는 무슨 위로의 말을 건네겠습니까. 저는 눈을 감고 귀도 닫고 되도록 멀리멀리 떨어져 있고 싶었습니다. 당신은 어땠나요.

저는 광화문 광장을 가로지르는 횡단보도 위에서는 숨도 쉬지 않는 비겁한 인간으로 살아가지만 당신은 다를 거라고 생각하고, 달라야만 한다고 생각합니다. 그러나 이 또한 내 슬픔을 당신의 어깨 위에 덜어놓으려는 나의 욕망임을 압니다. 덩컨 왕은 맥베스에게 아무것도 약속하지 않았지만, 맥베스는 덩컨 왕을 위해 전쟁터로 갑니다. 덩컨 왕을 위해서가 아니라, 자신을 위해서였습니다. 아들을 잃은 아버지는 어디든 가서 운명 앞에 목숨을 내놓지 않고는 견딜 수가 없을 겁니다. 덩컨 왕은 맥베스의 용기가 자신의 왕좌를 지켜주었다며 기뻐하지만, 실은 그것은 맥베스의 용기가 아니라 슬픔이 한 일이었습니다.

그 황량한 벌판의 여인들이 맥베스에게 다가갈 때, 그들의 마음속에는 그가 왕이 될 거라는 달콤한 예언만 들어 있지는 않았을 겁니다. 그녀들은 줄곧 맥베스를 지켜보고 있다가, 그가 누구냐고 물으며 부를 때에야 다가갑니다. 그녀들은 알았습니다. 처절한 전쟁에서 승리한 후, 벌판에 널브러진 반군의 시체를 힘겹게 치우고 있는 피로한 장군에게 할 수 있는 말은, 그가 듣고 싶어 할 말뿐입니다. 다른 말은 듣지 못할 것이고, 듣지도 않을 것입니다. 전쟁에 공을 세웠으니 왕을 배신한 영주의 땅을 받는 것으로도 충분한 보상이 되련만 여인들은 왕이 된다고 말해줍니다.

"맥베스 만세, 글래미스의 영주여, 맥베스 만세, 코더의 영주여, 장차 왕이 되실 맥베스 만세!"

맥베스가 목숨을 걸고 지켜낸 왕좌이니, 그에게 돌아가는 것이 부자연스러운 일은 아니겠지요. 맥베스는 이 운명을 받아들이고 싶어 합니다. 그런데 곁에 있던 뱅코우가 받은 예언이 마음에 걸립니다. 그는 장차 왕의 아버지가 될 운명이라고 했습니다. 어쨌든 맥베스는 왕좌의 유혹을 뿌리칠 수 없었습니다. 운명에 목숨을 맡긴 채 내달렸던 맥베스는 승리의 전장에서 마음에 드는 운명만을 선택적으로 받아들입니다. 당신은 어떤가요. 당신에게 말을 걸며 다가오는 사람들의 말들, 거리에서 만난 사람들이 들려주는 말들 속에서 당신의 귀를 통과해 심장을 두드리는 말은 무엇이었습니까. 그 말은 누구를 향한 것이고, 무엇을 위한 거였습니까.

맥베스는 예언에 대한 보다 자세한 설명을 듣고 싶었습니다. 하지만 여인들은 안개 속으로 사라져버립니다. 그날 밤, 불 곁에 나란히 누운 맥베스와 뱅코우는 여인들의 예언에 대해 대화를 나눕니다. 뱅코우는 말했습니다.

"가끔씩 어둠의 하수인들은 우릴 해치려 진실을 말하잖소.

사소한 진실로 우릴 유혹하고 정작 중대한 문제에선 우릴 배신한다오."

맥베스가 왕이 되리라는 것, 뱅코우가 대대로 왕을 낳으리라는 것. 이것이 진실이라 해도, 유혹되진 않겠다고 생각하는 뱅코우입니다. 맥베스도 마음을 가라앉히려 애썼습니다.

"이 신비한 유혹은 좋을 일도 아니요, 나쁜 일도 아닐 것이다. 운명이 나를 왕으로 택했다면 내가 나서지 않더라도 내게 왕관을 씌울 것이다."

그런데 다음 날 아침, 세 여인들이 속삭인 예언 중에 첫 번째 예언이 이루어집니다. 승전의 대가로 코더의 새 영주가 된 것입니다. 맥베스는 벅찬 가슴을 누를 길이 없어, 아내에게 편지를 씁니다. 아내는 경건하게 무릎을 꿇고, 남편이 보낸 편지를 읽습니다.

그들을 만난 건 승전의 날이었소. 확실한 증거로 인해 그들에게 인간을 초월하는 지식이 있음을 알았소. 더 알고 싶어 속에서 불이 일 때 허공 속으로 사라져버렸소. 넋을 잃고 있는데 왕의 사신이 다가와 찬사를 보내며 나를 코더의 영주라 칭했소. 조금 전 세 마녀가 날 그리 경칭했고 곧이어 날 가리켜 말하길 '만세, 장차 왕이 되실 분……'

아이를 땅에 묻고, 남편을 전장에 보내고 홀로 기도하며 지내던 검은 옷의 여인. 그녀의 몸에 활력이 솟아납니다. 남편이 선택한 운명이 살인과 악행과 지옥을 부를지라도, 그녀는 포기하지 않을 겁니다. 아니, 살인과 악행과 지옥이 따를 것을 알기 때문에 더더욱 그 운명에 달라붙으려는 것인지도 모릅니다. 맥베스의 아내는 생이 욕망하길 허락한 마지막 불꽃을 피울 준비가 다 되었습니다.

맥베스의 편지에 아내가 답합니다.

어서 돌아오세요. 제 기운을 귀에 불어넣고 제 대담한 혀로 왕관을 막는 자들을 모두 벌할 테니.

돌아온 남편의 갑옷을 벗기면서 아내는 말합니다.

"그 편지로 무지한 현실을 벗어나게 됐어요. 지금 이 순간 미래가 느껴져요."

아내는 왕을 죽여 왕좌를 차지하는 지름길을 택하지 않는 남편을 교묘하게 다그칩니다. 모든 건 그녀가 준비할 거라고 안심시킵니다. 앞으로 다가올 모든 밤과 낮이 우리의 지배와 통치를 받으리라고, 아내가 속삭입니다.

맥베스는 괴로워합니다. 그는 자신이 해야 할 일을 정확히 알고 있습니다. 날뛰는 야심을 가라앉히고, 온화한 덩컨 왕을 지켜주는 것입니다. 그러나 아내가 그것을 허락하지 않습니다. 그런데 그것이 아내의 탓이 아니라는 걸 우리는 압니다. 맥베스의 아내는 남편이 왕좌를 포기하는 것을 가만히 두고 보지 않는 아내이기에 사랑받는 것입니다. 왕에게 하사받은 예복의 띠에 빼곡하게 써내려간 편지가 맥베스의 손을 떠날 때, 야망의 화살도 활시위를 떠난 것입니다. 사악한 유혹이 미래의 예언이 되고, 어두운 욕망이 운명의 이정표가 되는 것은 문장의 마법입니다. 그것을 글로 써서 누군가와 나눌 때 그것은 환불이 불가능한 운명 열차의 편도 티켓이 됩니다.

#

당신이 마음의 출사표를 쓴 것은 언제였습니까. 그것을 처음 받아본 이는 누구였나요. 그 구절구절을 당신은 기억하고 있을 것입니다. 그 출사표에 응답해 당신 귓가에 숨을 불어넣으며 모든 건 자신이 준비하겠다고, 함께하자고 속삭인 이는 누구였나요. 그 전에, 당신에게 미래를 예언하고 사라진 사람들은 누구였나요. 맥베스에게 미래를 예언하고 사라진 그녀들이 '땅 위의 거품 같았고, 바람의 숨결 같았던' 이유는, 그의 마음속에서 그녀들은 함께 살아가는 이웃이 아니기 때문이었을 겁니다. 맥베스에겐 그들이 살아가는 형편을 살펴볼 생각이 없었습니다. 왕이 되려는 야망과 직면할 용기는 있지만, 그가 다스

릴 땅의 불행한 그림자와 대면할 용기는 없었습니다.

당신의 귓가로 흘러들 목소리들도 당신이 듣고자 하는 말만을 들려줄 겁니다. 논리와 근거는 부족하지만 당신의 심장을 쫄깃하게 하는 말들을 당신은 떨쳐내기가 쉽지 않을지도 모릅니다. 맥베스처럼 더 듣고 싶다며 조바심을 내면, 그들은 등을 돌리고 빠른 걸음으로 사라질 것입니다. 당신을 마주하는 순간을 위해 목울대 뒤로 삼킨 이야기와 등 뒤로 감춘 고통의 배낭들을 풀어놓을 자신이 없을 겁니다. 당신이 그걸 열어볼 생각이 없다는 걸 확인하는 건 무척 슬픈 일일 테니까.

"사내답기 위해서 무슨 일이든 하겠지만 그 이상은 사내로서 할 일이 아니"라고 했던, 아직은 이성이 남아 있던 맥베스가 왕을 죽이고 둘도 없던 벗, 뱅코우를 죽이라는 명령을 내리는 폭군이 되기까지. 정말 눈 깜짝할 시간 동안 일어난 변화입니다. 자식들과 함께 화형대에 묶인 여자가 말합니다.

"이름만 입에 올려도 혀가 곪아버릴 저 폭군도 한때는 정직하다 여겨졌다니!"

이 기막힌 유언은 맥베스의 미래가 됩니다. 남편의 왕좌를 통해 아이 잃은 슬픔을 위로받고자 했던 아내가 어떻게 죽어가는지 당신은 알고 있을 겁니다. 철들기 전부터 자기 몸에서 나온 피를 보며, 그것을 닦으며 살아가는 여자들이지만 그 손에 타인의 피를 묻힌 채로는 결코 온전히 살아갈 수가 없습니다.

#

여인이 자신의 살을 찢고 나온 아이의 시신 앞에서 흘리는 눈물과 다른 이의 아이가 죽어가는 것을 돕지 못한 죄책감에 흘리는 눈물은 그 농도가 다르지 않습니다. 아무리 씻어도 지워지지 않는 핏자국을 달고서는 어디로도 갈 수 없고, 피 냄새가 코끝에 매달린 채로는 제대로 숨조차 쉴 수 없습니다. 당신은 아실 것입니다. 운명을 위해 목숨을 걸고, 욕망을 위해 잔인함을 각오하는 사람들이 얼마나 부서지기 쉬운 존재인지를. 그 운명의 무게와 욕망의 크기가 당신을 삼켜버릴 것이 두려워 이제라도 손을 털고 물러선다면, 운명열차라 믿고 탄 그 열차에서 하차하여 천천히 걸어서 돌아온다면, 저는 그 선택도 지지하고 싶습니다. 이제는 목숨을 걸지 않는 정치를, 희생을 요구하지 않는 권력을 보고 싶기 때문입니다. 불가능한 일이라고요?

맥베스를 무너뜨릴 자, 여인이 낳은 자 중에서는 없으리라던 예언이 어떻게 실현되는지 보셨습니다. 뱅코우는 어머니의 몸을 찢고 제왕절개로 태어났다고 했습니다. 정치인이든 우편배달부든 그 누구도, 그 무엇도 희생시키지 않아도 되는, 자신이 하는 일에 목숨을 걸지 않아도 되는 세상은 우리가 낳는 것이 아니라, 지금의 우리를 찢어발기고 태어나는 것은 아닐까요. 기꺼이 찢겨주겠다는 각오가 없다면, J. 당신은 다시 생각하셔야 할지 모릅니다. 우리 모두는 아이들이 원통하게 죽지 않는 세상, 더 이상 살아남은 자의 슬픔과 분노가 권력의 밑거름이 되지 않는 세상을 원합니다.

그 세상을 위해서 저는 제 슬픔을 남김없이 슬퍼하려 합니다. 단 한 방울의 눈물도 물려주지 않으리라는 생각으로 살아가겠습니다. 그 누구의 꿈도 대신 이뤄주겠다고 장담하지 않고, 내 꿈이 이뤄질 수 있게 도와달라거나, 오늘 내가 다짐한 결심 따위 기억해달라는 편지는 하지 않겠습니다. 아무것도 물려주지 않는 것이 유산일 수 있습니다. 거름이 되지 말고 눈물을 남기지 말고 상처를 주지도 받지도 않으며 교훈적인 드라마의 주인공이 되지 않아도 충분한 생, 그런 생이 존중받는 세상이기를. 당신 또한.

2017년 2월 27일

이 땅의 평화와

한반도의 미래를 짊어진 당신에게

**O에게,
이제 그 실수를
바로잡으러 갑니다**

\#
남아 있는 나날

제임스 아이버리, 1994

도통 정리를 모르는 저에게도 특별히 정리된 책장이 하나 있습니다. 한쪽 벽에 특별히 잘 관리된 코너, 영화의 원작소설들이 모여 있는 자리죠. 주로 국내 유수의 출판사들이 영화 개봉 시점에 출간한 번역서들이지만, 번역이 안 된 원서도 있고, 영화화와 상관없이 독자들의 사랑받아온 고전 명작도 있습니다. 틈틈이 사서 모았지만 금세 산더미처럼 불어나버린 이 책장을 저는 무척 아낍니다. 바라만 봐도 흐뭇해지거든요. 하지만 책을 꺼내 읽을 짬은 좀처럼 나지 않아서 이마저도 그저 관상용인가 싶어 씁쓸한 기분이 들 때도 있습니다. 이번에 당신에게 편지를 쓰기 위해서 이 책장 앞에 설 때는 꽤 설레었던 것 같습니다.

〈남아있는 나날〉을 보고 난 뒤 꼭 원작을 읽겠다고 다짐했고, 서점에서 책을 사서 '특별한 책장'에 꽂아둔 지 아주 오랜 시간이 흘러가버렸습니다. 당신에게 이 이야기를 해야겠다고 마음먹던 날, 이제야 읽게 되는구나 하고 책을 펴보니, 더러 접힌 자국이 있고, 옮긴이 후기에도 읽은 흔적이 남아 있는 걸 발견했습니다. 그런데 도무지 기억이 나질 않네요. 이 책을 언제, 왜 읽었던 건지 알 수가 없습니다. 어쨌든 다시 읽어보리라 마음을 먹고 책을 책상 위에 올려두었습니다.

그러고는 다시 며칠이 지났습니다. 그런데 책이 도무지 보이지가 않는 겁니다. 제가 사는 집 안에는 제 책상에서 책을 가져갈 사람도, 책상이 어지럽다고 정리해줄 사람도 없는데 말이죠. 참으로 알 수 없는 일이 책상 주변에서는 자주 일어나곤 합니다. 급한 대로 가까운 서점에 가서 검색을 해보았습니다. D서가에 한 권이 있는 것으로 나옵니다. 하지만 그 서가에는 이시구로의 다른 책은 다 있어도 제가 찾는 『남아 있는 나날』(민음사, 2010)은 없었습니다. 그래서 그 자리에서 바로 인터넷에 접속해 '바로드림' 주문을 넣고 기다리니 한 시간 뒤쯤 문자가 도착했습니다. '책이 준비되었으니 찾아가'라는 안내 문자였습니다. 참 편리하고 놀라운 세상이죠. 서점 직원과 말 한마디 안 섞고도 매장에서 인터넷 할인가로 주문한 책을 바로 받아 올 수 있는 이런 시스템이라니. 그런데요, 이 편지를 시작하기까지, 끝내 책을 읽을 시간은 내지 못했습니다.

#

영국에서도 유서 깊은 가문의 저택, 달링턴 홀에서 오래 일해온 스티븐스 같은 명망 있는 집사에게 옛 동료의 편지를 받는 일이 그리 특별한 사건은 아닐 겁니다. 하지만 켄튼 양의 편지는 달랐습니다. 아주 오래전 함께 일했던 켄튼 양이 그에게 편지를 보낸 것은 달링턴 저택이 미국인 신사의 손에 넘어간 직후였습니다. 달링턴 저택의 집사직에 헌신하느라 세월을 다 보낸 스티븐스에게 켄튼 양이 편지를 써 보낸 것은, 아마도 위로의 뜻을 표하기 위해서였을 겁니다. 스티븐스는 집사 경력의 전부를, 어쩌면 삶의 대부분을 이 저택과 이 저택의 주인인 달링턴 경을 위해 바쳤지요. 그러나 그의 주인은 불명예스럽게 생을 마감했고 한때 이곳에 드나들었던 미국의 부자가 저택을 인수합니다.

달링턴 저택에 속한 가구나 미술품처럼 집사 스티븐스도 새 주인에게 인수인계되는 품목의 하나로 미국인 주인에게 넘겨졌습니다. 새 주인의 취향과 의중을 파악하느라 여념이 없는 스티븐스. 지난 수십 년간 한 번도 이 저택을 떠나본 적이 없는 그가 여행을 떠나기로 결심한 건 켄튼 양의 편지 때문이었죠.

이 여행은 두 갈래의 길인데, 하나는 과거이고 또 다른 하나는 저택 밖의 세상입니다.

스티븐스를 저택 바깥으로, 동시에 과거로 여행하도록 이끈 켄튼 양. 그녀는 달링턴 저택을 떠나면서 결혼해 벤 부인이 되었지만 집사 스티븐스에겐 영원히 켄튼 양입니다. 그녀의 편지를 받은 후로 스티븐스는 그녀와 함께했던 과거로 불쑥불쑥 빠져 들어갑니다. 그녀가 쓴 단어와 어절들을 곱씹고 또 곱씹습니다. 그 행간마다에서 다시 옛날처럼 함께 일하고 싶어 하는 듯한 그녀의 속마음을 우려내려 애씁니다. 편지 어디에도 다시 달링턴 저택으로 돌아가 스티븐스 집사와 함께 일하고 싶다거나 남편을 떠나 새로운 삶을 살겠다거나 하는 말은 없었지만요.

#

꼭 옛 동료의 편지가 아니더라도, 한 가지 일에 생을 바친 세월이 30년 넘게 흐르고 나면, 의식이 저도 모르게 과거의 어느 한때로 달려갈 때가 있을 터입니다. 아무 할 일 없는 노인이 대낮에 깊은 낮잠에 빠져들곤 하는 것은 젊은 날의 고단함이 미래까지 밀려와 요구하는 휴식인지도 모릅니다. 마당의 잡초를 뽑던 할머니가 호미를 손에 든 채 해가 다 떨어지도록 멍하니 주저앉아 있는 것은 나중에 생각하자며 접어둔 인생의 페이지들이 한 장 한 장 다시 일어나 미뤄둔 질문을 마저 던지기 때문인지도 모릅니다.

스티븐스가 동그란 유리창이 달려 있는 붉은 문을 밀고 나가면 과거입니다. 켄튼 양의 편지가 그에게 과거로 들어갈 조그만 유리창을 하나 내어준 셈입니다. 스티븐스는 처음엔 그 유리창을 통해 과거를 들여다보지만 거듭되는 편지 속에서 과거와 현재는 경계가 허물어지더니 마침내는 하나로 합쳐집니다. 과거 속의 미스 켄튼은 현실의 벤 부인이 되어 스티븐스 앞에 나타납니다. 그 옛날의 미스 켄튼은 참으로 호감이 가는 여인이었습니다. 하지만 스티븐스는 한 번도 그 마음을 겉으로 꺼내본 적이 없습니다. "미스 켄튼은 호감이 가는 여인"이라는 말을 한 것은 다른 저택의 집사 벤이었지요. 결국은 그가 미스 켄튼의 남편이 되고요. 다른 남자 입에서 자신이 혼자 품은 생각이 튀어나오자 그는 짐짓 아닌 척합니다만, 속으론 무척 낭패스러운 기분이었을 겁니다. 결국 켄튼 양이 그 남자와 결혼하기 위해서 달링턴 저택을, 스티븐스의 곁을 떠나게 되었을 때, 그는 역시 짐짓 아닌 척, 무심히 그녀를 보내고 맙니다. 사실 그에게도 기회는 여러 번이 있었습니다. 켄튼 양이 그의 집무실로 꽃을 가져오던 어느 아침과, 읽고 있는 책이 뭐냐고 집요하게 캐묻던 어떤 오후와, 달링턴 저택을 떠나겠다고 선언하고는 방문 밖으로 우는 소리가 새어 나가도록 흐느끼며 그를 부르던 밤이 있었습니다. 그녀가 그의 다정한 고백과 손길을 간절히 원했던 그 순간들을 스티븐스는 몰랐다고 말할 수 없을 겁니다. 켄튼 양이 달링턴 저택에서 총무로 일한 경력을 모두 내려놓고 스티븐스의 곁을 떠난 것은 벤과 결혼하고 싶어서가 아니라, 스티븐스가 도무지 자신의 감정을 이해하려고도 받아들이려고도 하지 않았기 때문입니다.

켄튼 양의 마음을 외면하고, 자기 자신마저도 속인 그 서글픈 이별 앞에 서 있던 그의 무표정 뒤에는 선혈이 낭자한 상처가 숨겨져 있었습니다. 그는 짐짓 모른 척하는 방식으로, 매 순간 긴장하지 않으면 안 되는 '매우 중대한 업무' 뒤에 숨는 것으로, 자신의 인생에 단 한 번 찾아온 사랑을 외면하였습니다. 그가 사랑을 외면한 것은 그것이 사소해서가 아니라 너무도 중요하고 더없이 아름다우며 무엇보다 용기를 필요로 하는 일이기 때문입니다. 그런 일이 자기 몫의 영광일 리 없다고 생각하기 때문입니다. 버려지는 슬픔을 예방하기 위하여 지금 이 순간의 사랑을 모르는 체하고, 지금 이 순간에 해야 하는 고백에서 도망치는 이 어리석은 자를, 우리는 안타까운 마음으로 바라봅니다. 우리가 그에게서 안타까움을 느끼는 것은 그에게서 바로 우리 자신의 모습을 보기 때문일 겁니다.

\#

중요한 외교의 장이 펼쳐지는 달링턴 홀에서, 스티븐스 집사의 역할은 막중합니다. 달링턴 저택의 명성에 걸맞은 품격 있는 연회를 위해 그는 집사로서 자기 역량을 최고조로 끌어올리는 노력을 아끼지 않습니다. 그 시절, 달링턴 경의 조카이자 대자인 카디널이 그에게 이렇게 물은 적이 있었지요.

"오늘 밤 여기서 무슨 일이 벌어지는지 알고 있나?"

그는 이렇게 답합니다.

"제가 관여할 일이 아닙니다."

다른 사람은 몰라도 집사 스티븐스는 알아야 할 일이라며, 카디널이 알려줍니다.

"수상을 만나 나치에 협력하도록 설득을 하고 있는 걸세."

스티븐스는 놀랍지도 않다는 듯이 대꾸합니다.

"좋은 동기에서 그러는 걸 겁니다."

위대한 신사를 만드는 위대한 집사. 스티븐스는 그것이 자신의 사명이라고 생각하는 사람입니다. 하지만 그가 말하는 위대함이란 무엇에 근거한 걸까요. 흠잡을 데 없이 완벽하게 관리된 대저택, 안목과 재력을 동시에 드러내는 실내 장식과 수집품들, 이 저택을 찾는 사람들의 명망과 권세, 이런 것들일까요. 달링턴은 자신의 신사다움을 어디에 사용한 것일까요. 자신보다 힘이 더 센 사람들, 적어도 그렇게 보이는 사람들, 적어도 자신과 동급의 부류들에게 발휘했습니다. 전쟁이 끝나면 적국의 수장과 만나 술잔을 기울이며 우정을 나누겠다고 약속했다며 으스대는 달링턴 경. 그가 전범국 독일이 경제적 어려움을 겪는 현실을 안타까워하는 까닭은 자신의 친구가 그로 인해 정치적 수세에 몰려 있기 때문입니다. 그 친구와의 우정을 통해 드러나는 신사다움을 지키기 위해서 그는 나치에 협력하는 영국 신사의 길을 걸어갔습니다.

스티븐스는 자신이 모시는 달링턴 경이 도덕적이고 기품이 있으며 시대를 이끌어가기에 부족함이 없는 영국 신사라고 믿고 있습니다. 그런 주인을 완벽하게 뒷받침하는 일이 집사로서 자신에게 위엄을 부여해준다고 믿었습니다. 하녀는 하녀답게, 집사는 집사답게, 신사는 신사답게, 각각 자신에게 부여된 지위와 역할에 걸맞은 완벽한 모습을 세상을 향해 전시하고자 하는 욕망이 그들의 DNA에는 있는 것 같습니다. 정작 그 속은 텅 비어 있을지라도 말이지요.

세상에 완벽한 존재란 없고, 우리가 사는 이유가 모범적으로 보이는 어떤 전형을 지속적으로 추구하기 위해서가 아닌데, 이 간단한 상식이 어떤 시대, 어떤 사람에겐 무척 받아들이기 어려웠을 수가 있습니다. 그 사람이 무척 선량하고 의지가 굳건한 인물이기 때문에 더욱 생각이 복잡해집니다. 그저 자신의 직분에 충실한 것 말고는 다른 어떤 것도 뒷전으로 미루고, 심지어 무시해버리는 사람. 때로는 그런 사람들 덕분에 세상이 이만큼이나마 돌아간다고 말하고 싶을 때도 있지만, 우리는 알고 있습니다. 보고자 하는 것만 보고, 이해할 수 있는 말만 듣고, 믿기 편한 대로 믿어버린다면 그 사람은, 한 발짝도 앞으로 나아갈 수 없습니다. 그런 사람들의 미덕이 칭송되는 사회는 명치에 걸린 시대정신을 끝내 소화하지 못한 채 식은땀만 흘리다 쓰러지고 말 것입니다.

#

다음에, 다음번에, 나중에, 언젠가는……. 그러다가 정말 절실해질 때에야 온갖 방법을 동원해 찾게 되는 것, 그런 사람, 그런 일이 있습니다. 당신에게 이 편지를 쓰는 것도 이번이 아니면, 더 늦으면, 정말 영영 기회가 오지 않을 것 같다는 위기감을 느낀 때문인지도 모릅니다. 여러 번 시작했다가 멈추고, 다시 꺼내기 싫어서 제쳐두었다가 여러 날 망설이다가 또다시 쓰다만 편지 앞에 앉았습니다.

당신은 연륜이 높고, 날카로운 눈을 가진 사람입니다. 단번에 내가 어떤 성향의 사람인지 알아보았을 것입니다. 회사 직원들의 파업으로 프로그램 운용이 어려워졌을 때 당신은 나를 불러 낮은 목소리로 말했지요. 상황이 이러이러하니 당분간은 비상 체제로 일해주어야 하겠다고. 저는 그저 고개를 끄덕였습니다. 파업 시국에서도 저 같은 프리랜서들을 투입하면 얼마간은 사고 없이, 공백 없이 프로그램은 유지될 것입니다. 마치 존재하지 않는 사람처럼 조용하게 방송국을 오가면서 저는 묵묵히 맡겨진 일을 했습니다. 2주를 예상했던 파업이 석 달을 넘기도록 말이지요. 알량한 바우처에 목이 매달려 시키는 대로 주어진 일을 하면서도 저는 별 문제의식을 느끼지 않았습니다.

그날, 당신의 자리로 불려 가던 그때에 저는 당신이 지시하는 일의 끝을 예감하였습니다. 우리가 이 일을 함께함으로써 당신과 나는 다시는 이곳에서 동료로 만나지 못할 것입니다. 하지만 저는 다른 생각을 할 겨를이 없었습니다. 생각을 말자. 나는 나를 불러준 사람이 제시한 여건하에서 내 재주를 요령껏 펼칠 뿐, 그 밖에 다른 것은 생각할 필요가 없다고, 내가 이 조직에 속한 사람도 아니고 책임질 위치도 아니니 주제넘게 다른 생각을 할 필요가 없다, 는 것이 이 세계에서 제가 지금까지 목숨 부지하고 살아 있는 나름의 처세론이었습니다.

파업에 나선 정직원들도 그런 제 처신을 당연하게 받아들였습니다. 아니, 그렇게 해달라고, 잘 부탁한다고도 했습니다. 청취자들이 피해를 입으면 안 된다나요. 이게 대체 무슨 말인지. 방송국이 파업하는 게 피해인지, 방송국이 파행적으로 운영되어 진실이 호도되는 상황이 오래 지속되는 것이 피해인지, 대체 뭐가 진정한 피해인지를 우리는 진정 몰랐던 것일까요.

파업을 하는 정직원 동료들과 그들을 대신해 '파업 땜빵'에 나선 프리랜서인 저는 그 와중에 가끔 만나서 밥도 먹고 차도 마셨습니다. 그들은 그들의 애환이 있었고, 나는 나대로의 애환이 있었고, 우리는 가끔 만나 서로의 애환을 토로하며 위로할 뿐, 입장이 다른 서로의 세계에 간섭하지 않았습니다. 지금 돌아보니 그것이 더 무서운 현실이라는 생각이 드는군요.

여기까지 쓰고 나니 온몸에 열이 나기 시작하면서 피로가 몰려옵니다. '생각한다'는 건 이토록 힘겨운 일입니다. 생각하면서 일을 하고, 생각하면서 말을 하고, 아무튼 생각하면서 살아가라는 건, 하루의 노동으로 하루치 삶을 경영하는 저 같은 사람에게는 사실 지나치게 버거운 일이다 싶습니다. 제가 이럴진대 지금 우리 사회에서 아직 경제적 주체로 서지 못하고 있는 청년들에게 선배 어른들이 태연히 말하는 미래, 전망, 꿈, 소신, 자존감 따위가 얼마나 야비한 말인지요. 정말 무지의 소치라고 하지 않을 수가 없군요.

여기까지 쓰고 나니 부끄럽기도 하거니와 가슴이 미어져서 잠시 어디 처박혀서 목 놓아 울기라도 하지 않으면 안 되겠습니다.

\#

저는 스티븐스처럼 완벽하지도 성실하지도 희생적이지도 않았지만, 그의 많은 부분을 제가 닮았다는 걸 압니다. 특히 그의 가장 약한 부분을요. 인생에서 마주치는 드물고도 강렬한

순간들이 있지요. 이 순간이 바로 내 인생에서 맞닥뜨린 칼날이고 돌아설 수 없는 절벽이고 평생 잊을 수 없는 빛나는 정점이라는 걸 직감하는 때가 있습니다. 그때 나는 주저함 없이 눈을 내리깔고 얼굴을 돌려버리는 비겁함을 발휘하곤 했습니다. 스티븐스를 연기한 명배우 앤서니 홉킨스는 그런 내 비겁한 얼굴을, 운명과 실존이 던지는 질문 앞에서 표정을 감추는 데 익숙해져버린 내 얼굴을, 거울처럼 비추어 보여주었습니다.

스티븐스는 여행에서 만난 어떤 사람에게 이렇게 말한 적이 있습니다.

"내 인생에서 실수를 했고, 이제 그 실수를 바로잡으러 갑니다."

사랑하는 켄튼 양을 눈 뜨고 놓친 것이 인생 최대의 실수였다는 것을 스티븐스는 달링턴 저택을 나서고 얼마 되지 않아서 깨닫게 됩니다. 그리고 오직 위대한 집사의 위엄을 추구해온 자신의 기나긴 경력이 '나치 부역자의 하인'으로 간단히 수렴돼버린 현실도 알게 됩니다. 벤 부인이 되어 이제는 손주 태어날 날을 기다리고 있는 그 옛날의 켄튼 양은 달링턴 저택으로 돌아오지도, 스티븐스에게 돌아오지도 않을 것입니다. 버스에 올라타서, 손을 흔드는 스티븐스를 바라보며 멀어져가는 그녀의 얼굴은 눈물로 얼룩져 있습니다. 스티븐스에게 미련이 남아서 운 것일까요. 끝내 사랑을 고백하지 않고, 애원하지 않고,

떼를 써서 붙잡지 않고, 순순히 보내주는 그가 답답해서 운 것일까요. 달링턴 저택을 온 세계로 알고, 그 속에 스스로를 가두고, 단 한순간도 자기 자신의 시간을 살지 못한 채로 인생의 저녁을 맞아버린 스티븐스, 앞으로도 그렇게 살아갈 스티븐스라는 것을 알기 때문에 운 것이었다고 저는 생각합니다. 그녀의 눈물은 내가 내 인생을 보며 흘리는 눈물이기도 했습니다.

켄튼 양과 스티븐스가 버스를 기다리며 서 있던 정거장에 가로등이 켜집니다. 그 순간 주변에 있던 사람들의 탄성이 터져 나왔습니다. 아, 정말 멋진 장면이지요. 사랑하는 사람과 수십 년 만에 재회해서 인생의 마지막일지 모를 데이트를 하는 날이라면, 온 우주에 둘뿐이라는 착각에 빠지기 충분한 조건인데, 그 둘만의 세계에 가로등이 켜지면서 주변 사람들의 존재가 단번에 인식되는 것입니다.

그래요. 그날, 저녁을 맞은 것은 그 둘만이 아니었지요. 그들처럼 다른 많은 사람들도 인생에서 잊을 수 없는 하루를 보냈을 겁니다. 그날 하루 재수가 있었건 없었건, 일자리를 구했건 못 구했건, 월급을 받았건 임금을 떼였건, 하루 일과가 끝이 나서 해가 지고 가로등이 켜지는 그 시간을 맞는 것은 누구나 마찬가집니다. 아마도 켄튼 양이 말했던 것 같은데, 평범한 시민들에겐 그 순간이 하루 중에 가장 행복한 시간이라고 했습니다. 돌아갈 집과 기다리는 가족과 아직 남아 있는 시간이 있다는 것을 밤의 가로등은 밝혀주지요. 스티븐스에게는 돌아갈 가정이 없고, 달링턴 저택의 집사로 있는 한 남아 있는 나날들도 지난날들과 다르지 않을 테지만 그렇다고 그가 맞은 인생의 저녁이 유난히 불행한 것일까요.

저는 잘 모르겠습니다. 자신이 가졌던 가장 빛나는 시간과 열정을 달링턴 경에게 주어버린 것이 억울할 수도 있을 겁니다. 역사적으로 그릇된 선택을 하고 이제는 불명예스러운 이름으로만 남은 한 신사에게 바쳐버린 시간들이 인생 전체를 도둑맞은 듯 어처구니없이 여겨질 수도 있겠습니다만 스티븐스의 경우에도, 그의 인생을 그런 것만이 채운 것은 아니었을 테니까요.

#

아무것도 추수한 것 없이 텅 빈 인생의 저녁에도, 곰곰이 생각할 것이 남아 있고 더 노력할 일들이 있다는 것에 희망을 걸어볼 수 있을 것 같습니다. 내 젊음과 내 열정과 내 재주가 어디에 쓰이고 어떻게 소모되었건, 혹은 어처구니없이 낭비되거나 나도 모르게 오용되었다 하더라도 다른 훌륭하거나 그렇지 못한 사람들과 마찬가지로 나의 인생에도 어김없이 인생의 저녁은 찾아올 것입니다. 인생이라는 하루가 끝나고 밤이 켜질 때, 기쁨의 환호성을 지르고 싶습니다.

생각하고 후회하고 정리할 과거가 있는 이가 맞이하는 남아 있는 나날들의 첫날에는 그 나름의 희망이 있을 것입니다. 실수를 만회하지 못한 채 끝끝내 떠나보내고 만, 사랑하는 사람이 눈앞에서 눈물을 흘리며 멀어져갈지라도 그 눈물을 외면하지 않고 함께 눈물 흘리면서, 따뜻한 마음을 간직한 채 손을 흔들어줄 수 있기를 바랍니다. 우리에게 도착한 삶이라는 편지를 우리가 읽을 때에, 아무리 읽고 또 읽어도 끝내 오독에서 그친다 할지라도 그것을 읽고자 하는 의지만은 온전히 우리의 것이리라, 그것만이 희망이리라고, 믿는 저녁입니다.

2016년 12월 31일
저녁의 가로등 아래 선 당신에게

영화를 보다
네 생각이 났어

2018년 7월 18일 1판 1쇄 인쇄
2018년 7월 30일 1판 1쇄 발행

지은이 이하영
펴낸이 한기호
편집 오효영, 도은숙, 유태선, 김미향, 염경원
디자인 여만엽
경영지원 이재희
펴낸곳 플로베르
출판등록 2017년 5월 18일 제2017-000132호
　　　　주소 121-839 서울시 마포구 동교로 12안길 14 삼성빌딩 A동 2층
　　　　전화 02-336-5675
　　　　팩스 02-337-5347
　　　　이메일 kpm@kpm21.co.kr

ISBN 979-11-962227-3-4 03810